·青春的荣耀·
90后先锋作家二十佳作品精选
高长梅　尹利华◎主编

野地上的行走

黄宇
著

九州出版社
JIUZHOUPRESS
全国百佳图书出版单位

图书在版编目（CIP）数据

野地上的行走 / 黄宇著. -- 北京：九州出版社，2013.5
（2021.7 重印）

（青春的荣耀：90 后先锋作家二十佳作品精选 / 高长梅，
尹利华主编）

ISBN 978-7-5108-2150-9

Ⅰ.①野… Ⅱ.①黄… Ⅲ.①中国文学 – 当代文学 –
作品综合集 Ⅳ.①I217.2

中国版本图书馆CIP数据核字（2013）第113815号

野地上的行走

作 者 黄宇 著
出版发行 九州出版社
地 址 北京市西城区阜外大街甲35 号（100037）
发行电话 （010）68992190/2/3/5/6
网 址 www.jiuzhoupress.com
电子信箱 jiuzhou@jiuzhoupress.com
印 刷 北京一鑫印务有限责任公司
开 本 720 毫米 × 1000 毫米 16 开
印 张 9.5
字 数 120 千字
版 次 2013 年 6 月第 1 版
印 次 2021 年 7 月第 7 次印刷
书 号 ISBN 978-7-5108-2150-9
定 价 38.00 元

小荷已露尖尖角（代序）

高长梅

长江后浪推前浪，是自然规律，也是文学发展的期待。

80后作家曾风光无限——韩寒、郭敬明、张悦然等大批80后作家已成为中国当代文学的生力军，他们全新的写作方式、独特的语言叙述，受到了青少年读者的追捧。

几年前，随着90后一代的成长，他们在文学上的探索也逐渐进入人们的视野。

2006年，《新课程报·语文导刊》（校园作家版）创办时，我在学校调研，中学生纷纷表示，希望报社多关注90后作者，多培养90后作家。那年年底，我在南昌参加中国小说学会小小说年度排行榜评选时，与学会领导和专家聊起90后作者的事，副会长兼秘书长汤吉夫教授对我说：看现在的小说创作，80后势头很猛，起点也高，正成为我国小说创作的生力军，越来越受到文学评论界的重视。你有阵地，就要多给现在的90后机会，文学的天下必定是属于新一代的。副会长、著名散文家、文学评论家雷达博导，副会长、著名文学评论家李星编审都高兴地表示，今后会逐渐关注这些90后的孩子，还表示可以为他们写评论。2007年年底，中国小说学会在报社召开中国小小说年度排行榜评选会议，几位领导还专门询问90后作者的创作情况。

2009年，著名作家、茅盾文学奖获得者、解放军总后勤部创作室主任周大新到报社指导，听到我们介绍报社非常重视90后作者的培养，而90后作者也正展现他们的文学天分，报社准备出版一套90后作者的作品选时，周主任静下心来仔细翻阅那套书的部分选文，一边看一边赞不绝口，并表示有什么需要他做的他一定尽力。周主任的赞赏让我们备受鼓舞，专门在报上开设了《90先锋》栏目。这个栏目一推出，就受到90后作者、读者的欢迎。

2010年，著名报告文学作家、学者，中国图书奖、五个一工程奖、鲁迅文学奖获得者王宏甲到报社指导，见到报社出版的《青春的记忆·90后校园文学精选》及报上的《90先锋》专栏文章，大为赞赏，并称他们将前程无量。之

1

后不久，我们决定出版《青春的华章·90后校园作家作品精选》。这套书收入18个活跃的90后作者的个人专集，也是90后第一次盛大亮相。曹文轩、雷达等为高璨作序，著名文学评论家李少君、张立群为原筱菲作序，著名评论家胡平为王立衡作序。此外，还有一大批中国作家协会会员如刘建超、蔡楠、宗利华、唐朝晖、陈力娇、陈永林、邢庆杰、袁炳发、唐哲（亦农）、孟翔勇、倪树根、李迎兵、杨克等都热情地为90后作者作序推荐。他们在序中都高度评价了这些90后作者的创作热情、创作成绩。当然也客观地指出了一些值得注意的问题。

90后作者的成长也引起了文学界的重视，他们当中不少人都加入了省级作家协会，尤其是天津的张牧笛还于2010年加入了中国作家协会。他们以自己的灵气、勤奋，正逐渐走向中国文学的前台。

张牧笛、张悉妮、原筱菲、高璨、苏笑嫣、王立衡、李军洋、孟祥宁、厉嘉威、李唐、楼屹、张元、林卓宇、韩雨、辛晓阳、潘云贵、王黎冰、李泽凯等无疑是这一代的代表。这其中我特别欣赏原筱菲。她不仅诗歌、散文等写得棒，美术作品别有特色，摄影作品清新可人。在报刊发表文学作品、美术作品、摄影作品2700多篇（首、件）。还有苏笑嫣。不仅诗歌写得好，小说也受评论家的好评。尤为可贵的是，她完全依靠自己的能力行走文学，却不去借助自己父母的关系走丁点捷径。还有张元。一个西北小子，完全凭自己对文学的执着，硬是趟出自己未来的文学之路。还有韩雨。学科公主，加上文学特长，使得她如鱼得水。

著名文学评论家白烨曾发表文章将40岁以下的青年作家群体细分为"70年代人"、"80后"和"90后"。他评价，90后尚处于文学爱好者的习作阶段。从创作来看，青年作家普遍对重大历史事件有所忽视，对重要的社会问题明显疏离，这使他们的作品在具有生活底气的同时，缺少精神上的大气。不过，在他看来，这些年刚刚崭露头角的90后有着不输于80后的巨大潜力。（转引自《南国都市报》2012年9月18日）

但不管怎样，成长是他们的方向，成长是他们的必然结果。

这次选编这套书，就意在为90后作家的茁壮成长播撒阳光，集中展示90后作家的创作实力。我们相信，只要90后的小作家们能沉下心来，不断丰富自己的阅读以及丰富自己的社会积累，努力提升自己写作的内涵，未来的文学世界必然会有他们矫健的身影和丰硕的成果。

我们期待着，读者也期待着！

目录

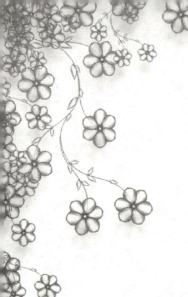

第三辑 乡印

第四辑 纷繁世态

第一辑

城迹

边城

一座三千东逝水的边城寂寞且孤独地存在于世,犹如伫立梦境中的可人儿飘荡徘徊着找寻不到归路,却为守候一份清灵情愫只身走过了一辈子。

——题记

是这样一座边城,没有大都市繁华喧闹的人群,没有大都市蜿蜒回旋的立交桥,没有大都市灯红酒绿的亢奋夜景,亦没有大都市钩心斗角、尔虞我诈,却依旧独守着一段源自南国的古老传说,静静地伫立在中华五千年沧桑历史的辽阔大地边缘,没有怨言,没有抱怨,没有失望,独自在编制着一个南国人的梦,而我就在诞生在这样一座边城里。

边城是寂静的,边城是清灵的,边城是幽深的,随着历史潮流缓缓而下,不管五代十国,不管大汉盛唐,不管宋元明清,边城从不向底蕴丰厚古老与满怀才气的史册或诉说或炫耀自身曾经的光辉的一页,更不向曾经屈辱的古老故事低头下跪,犹如黛玉般在戏台一般的浮华大观园中依旧独守一分清灵,以最纯真的一面与世俗生活相抗衡,似是一株幽然独放的绿荷,"侬今葬花人笑痴,他年葬侬知是谁?"即便痛吟《葬花吟》

亦是只身孤影，孤雁独飞。边城亦在花开花落间执着紧握一份信念，唯任凭双眸流露出的波痕，永是清澈甘甜的，滋润哺育着世世代代生活在这片土地上的人们。

走进边城的小巷，我于十九岁如梦如诗的年华踱步来到边城那幽深且散发着古老气息的小巷，边城的天犹如一个在水一方苦待伊人的少女，轻柔的乌丝中包裹着清灵碧玉般的脸蛋，似蹙非蹙胃烟眉，一双似喜非喜含情目泛着好淡好淡的清愁，苍天亦是怜惜可怜的美人儿，于是一场如牛毛般的绵雨由天缓缓而降，沾湿了我的三千青丝，沐浴着古老的巷子，那历经岁月沧桑的由青石砌成的石板道的边缘爬满见证岁月痕迹的青苔，在绵雨滋润中更显苍绿，如同一个老态龙钟的老者倚石而坐，沏上一壶家乡的上好龙井，抿一口，以那爬满岁月遗留下的皱纹脸颊向我诉说着边城悠久的历史，绵雨顺着布满青苔的瓦檐，化作一条条断开的水帘垂挂而下，随着凹凸的石板路或流向另一个世界，或汇聚成一个个大小不一的水洼清澈映出小巷那充满古韵的倒影。

这绵雨如同韩愈的"天街小雨润如酥"般温柔敦厚，如同辛弃疾的"两三点雨山前"般稀疏况味，如同杜牧的"清明时节雨纷纷"般繁密景观，如同苏轼的"白雨跳珠乱入船"般热情奔放，如同张志和的"斜风细风不须归"般飘逸韵致，只因边城小巷的修饰，汇成一股股清凉的甘泉，流走在小巷的每一个角落。一个来自历史悠久文明古国的边城小巷里的碉楼和村落的绵雨向世界倾诉着古老东方文化的结晶。于是，我停驻在巷口，看着这悠长小巷，不禁忆起戴望舒的《雨巷》："撑着油纸伞，独自／彷徨在悠长悠长／又寂寥的雨巷／我希望逢着／一个丁香一样的／结着幽怨的姑娘。"

可此景此情，我依旧不希望边城小巷是那般冷绵衰怨，只想于绵雨中倾听一个古老的心语。抚摸一个时代的印记。

走进边城的碧湖，我伫立湖边凝视，那荡漾的碧绿湖水。似杭州西湖般柔美清雅,湖面上铺满了浮萍伴随着波纹的漂动而荡漾着,酝酿着一个西窗女子的鸳鸯梦,于是从中传出令人心醉的忧伤,边城的湖诞生于盘古开天,女娲造人之际,经历了一代又一代历史岁月的洗礼,哺育了一代又一代生活在边城的人们。于是今天的边城碧湖越发显得柔美自然。自古文人墨客都曾以笔颂湖,或清柔或豪迈,但边城的湖却为笔墨所形容不完美的。边城的湖或是一幅明致的山水画,或是一幅淡淡的水墨画,细密或寥寥几笔,却有道不完的古韵。

　　湖边居住着一户户水上人家,在天窗边还可见一妇人在织布编花,几名孩童于湖边嬉戏玩耍,纯真的银铃般的笑声飘荡在柔软的柳梢上,尔后沉入幽深的湖底。一位略显沧桑的渔翁于一叶扁舟上,点着一支长烟斗,戴一顶大蓑笠,身边放一张银渔网,手握一根渔竿,席坐于渔舟船头,浑浊却明亮的双眼注视着湖面轻荡的浮萍,等待着夕阳西下标杆晃动后的收获,于是我吟起柳宗元的《江雪》:"千山鸟飞绝,万径人踪灭。孤舟蓑笠翁,独钓寒江雪。"那渔翁将毕生都献给了边城的湖,因为这里倾注着渔翁的心血与精神寄托,而渔翁将一个个老去的故事都记载在一圈圈波纹里,永远回荡在清风中。向后人传达着一个古老的誓言。

　　边城的湖那此情此景让我的意象浮现一幅画,苍绿的湖边,如幕般的朦胧烟雨中,嫩柳飘摇,碧波荡漾,一女子撑着一把蜡黄的油纸伞,纤细瘦弱的娇躯徘徊在湖边,及地的雪白长裙,不带一丝脂粉装饰,雪白如同轻纱般的长袖小衫,梳一古典式披肩长发,如瀑布般的三千乌丝随风轻飘,吹弹即破的肌肤蒙眬披纱,纤细的手腕上,轻垂着青玉镯,清灵水汪低垂的眸子里透着诉不尽的忧愁,令人捉摸不透,她在湖边走来又走过,走在青石路上,走在碧湖边,最后消失在蒙眬的薄雾里。

　　此情此景的边城之湖,令我吟起《蒹葭》:"蒹葭苍苍,白露为霜,所谓伊人,在水一方。溯洄从之,道阻且长。溯游从之,宛在水中央。蒹葭萋萋,白露未晞。所谓伊人,在水之湄。溯洄从之,道阻且跻。溯游从之,宛在水中坻。蒹葭采采，白露未已。所谓伊人，在水之涘。溯洄从之，道阻且右，溯游从之，宛在水中沚。"

边城湖边的女子似是一首缠绵婉转的情诗，令人永远都读不懂，读不透。

走进边城的邻家，我犹如从梦境中那楚楚可怜的女子朦胧缥缈的碧湖边来到一户户弥漫着炊烟的村落邻家，由梦境回到现实，雨逐渐停了，瓦檐上的水珠仍缓缓往下滴，于青石水洼里荡起一圈圈轻柔的涟漪，或顺着无数条水线汇入墙角的水流中，氤氲中，边城的邻家散发出令我感到熟悉的气味，于是吟起孟郊的《游子吟》："慈母手中线，游子身上衣。临行密密缝，意恐迟迟归。谁言寸草心，报得三春晖。"感言，天下最幸福的莫过于自己的家。

夜幕降临，邻家早已做好了一桌香喷喷的丰盛晚饭，于同样古老的蒲扇轻摇着，驱去一天的劳累。一股诱人气味随即飘出，我猛吸一口这久违的味道，微有些焦煳，却很是熟悉。忆起孩童时，一家大小欢心地围席而坐，在轻松氛围中开始一天的晚饭，将所有的烦恼疲惫抛于九霄云外，那一张张温馨的面孔令我为之亲切。而如今由于父母忙于工作，这全家福的画面已不能多见，但边城的邻家却让我为双亲许下最衷心孝顺的祝福。

边城的邻家让我返璞归真，从而让心灵得到最人性化的洗礼。

走进边城的小巷，走进边城的碧湖，走进边城的邻家，当我倾听着自己的脚步声逐渐远去时，蓦然回首，才从根本上知道边城的此情此景都不属于喧嚣繁华，它因独守着寂寞与清灵，犹如梦境中找寻不到归路的人，但边城却永远深深地在人们身上烙下自己的印记，边城的唯美从这里一直延伸到远方；边城的忧愁从这里一直延伸到远方；边城的思想从这里一直延伸到远方。此情此景，我已为边城许下最美好的心愿。

老巷

　　当列车疾驰过一片辽阔的北国大地时,瞬时,时间停留,记忆静止。一路向北的行程,让我有缘与一座以北的城市相遇,相识,或者邂逅,聆听属于她的故事。丰富的历史文化遗产,圆熟练达的性情,风韵卓绝的韵味,让一座城在时光洗礼中交融并济,海纳百川。在这里,走进她贯通的脉络,深入一条隐伏在漫长清幽空间里的隧道,尝试在此寻找一些丢失的东西,一份尘封记忆,一种消亡在时光深处的声音,一样褪去光鲜的色彩,或者一个诞生在久远的自我。

　　这一切源于一座古城的秘密,沿着如今已残缺不全的石板路行走,几代男人曾在四合院那口老井与幽静的月光中,感叹生活。几代女人曾在屋檐边的老槐树下,纳过先人的宏伟建设蓝图,繁衍后代。几代婴孩曾在内屋殿堂的黑神龛供奉过家族的信仰,光宗耀祖,或者让更多家丑在这里酝酿而成,阴暗宅基洞里的老鼠领教过不同居家人温柔或毒辣的目光。二十世纪某个时期,它的尾巴扫倒高堂的祖宗牌位,让接连噩梦显现在子孙的脑海。江南水乡的风情画韵,繁华都市的车水马龙与她的记忆无关。这也许是这座底蕴深厚的历史文化,正不断高速前行发展的现代名城留给自己的某种纪念。

野地上的行走

不知道这座以北的城市出于何种目的，只知道她留下的纪念仅是生活进程的零散片段，任何时间，地点都足以勾起她的无限沉思。

岁月于此，算是留足了情面，杨柳吐绿，河溪东流，暖风拂面，时间不断将它们一次次消解与重构，唯独让一条巷的内质初衷清晰显出。于是常常感觉，一座城市的本质发展，仅凭它所展示的那部分是远远不够的。走进老城区，路过繁华褪尽之处，目光在连成一片的屋檐下停留，散发着往事气息的土瓦房，那里的故事大概是个谜。

天窗

红釉老木建成的门窗，两扇木质的门扉半开半合，蛀虫在上面遗留下坑坑洼洼的时光印痕，门边是一株高耸的满身粗糙的榕树，不知何年何月，鸟雀早已在上面搭了草巢。雕刻镂空的砖石门楼呈八字而开，古圣先贤，四大神兽被铭刻于此，细致的雕花，沿着砖石门楼的边缘围成圈缠绕在一起，这是一个没有帘幕的舞台，这里没有鲜花和掌声，伴随着只是岁月老人的见证，谁才是，或曾是它真正的主人？竟无人知晓。

镂空的木窗层层叠叠，把我本就模糊的视线弄得更是曲曲折折，青苔满布，蛛网密布，甚至还有残檐断瓦……这里是它们的世界还是老巷主人的？我满是疑问，也很奇怪。也许层层叠叠的镂花门窗为的是不让外人将内室一眼望穿，精美细致的花纹是为了射入斜阳斑斑；青苔满布是加以先绿的不加任何点缀的天然装饰，门楣上倒贴的"福"是真正福气的到来。"蛛网密布"也许是无人打扫加之年代久远。这宅院的门窗虽没有故宫博物院的金碧辉煌，没有凤凰古镇的柔情似水，更没有现代都市高楼大厦的雄伟壮丽。却独守着一份自己的情怀。难怪会有《临江山》的轻叹：老屋风悲脱叶，枯城月破浮烟。谁人惨惨把忧端。蛮歌

007

犯星起，重觉在天边。秋色巧摧愁鬓，夜寒偏着诗肩。不知桂影为谁圆。何须照床里，终是一人眠。

　　也许老宅主人这般用心良苦，只为幽静守候。现在，我渐渐懂得，它在生存静默与凝然守候中为的是什么。

孤墙

金碧辉煌紫禁城，红墙宫里万重门。
太和殿大乾清静，神武楼高养性深；
金水桥白宁寿秀，九龙壁彩御花芬，
前庭后院皇家地，旷世奇观罕见闻。

——《紫禁城》

野地上的行走

　　我在这座城，见过的最美丽的墙是古老宫殿中高大的红色城墙，还有修建护城河的那一块块堆砌而成的大理石，这里的墙多少有些萧条，表皮有剥落痕迹，让人不免无限感叹。一堵墙的距离相近或者遥远，在一个由无数堵墙围成的空间中，我却无从找寻它的源头。在经过蜿蜒巷子的深处时，很多堵岌岌可危的土墙都被写上了一个大大的"拆"字，那里有一位老人坐在停靠在路边的三轮车后座上，看着眼前的一堵写了醒目大字的墙，目光呆滞，也许她的下半辈子只有将有关墙的记忆装进脑海才得以永久保留，为自己，更为儿孙。而我始终觉得一堵墙的华美风采不是在摄影师高超摄影技术下，于图片中所展现出的。那里还有几个孩子在玩耍，看到我走过时，他们的眼里除了童真外隐约有一丝无奈。

　　念起一首关于墙的诗：废宫深苑路，炀帝此东行。往事馀山色，流年是水声。古墙丹膜尽，深栋黑煤生。惆怅从今客，经过未了情。街西无数闲游处，不似九华仙观中。花里可怜池上景，几重墙壁贮春风。青龙冈北近西边，移入新居便泰然。冷巷闭门无客到，暖檐移榻向阳眠。阶墀宽窄才容足，墙壁高低粗及肩。莫羡升平元八宅，自思买用几多钱。

它的美丽与哀愁，不免让人心生怜悯。无论是在繁华市区还是幽静的郊外。

翻阅一座内心的庙

巷子的拐角是一处古庙，残损的檐顶和窗棂，与院子里一棵花树两两相望，那树还茂盛着，正将午后的阳光细细筛落，空气中满是枯叶的气息，只有偶尔的落叶触动了空气，扰乱了深巷的静谧。门窗、帘笼、红柱，雕着花草虫鱼，不怎么完整，却依稀可辨，显得弥足珍贵。就像把一段尘封的往事定格，外面的世界是红尘万丈，而在这儿，我以及老巷里的人们却不知身处何世？

我就如何停留在这时间的静止或是倒溯中，看她把这土地的根源保留得如此有生机活力，在以前寂寥地挂在空中，散发着一层淡淡的晕，蒙眬得失去了时间概念，庙宇在自己香火旺盛的前生，不知照过多少夜归走在巷子里的形形色色的人，他们或为钱、为名、为利、为欲，深巷仍记得他们旧衣裳里的欢乐与伤痛，辨别得出他们的脉搏与呼吸，预见得了他们的过去和归宿，在夜深人静时，明月照着巷子，照着他们古今恒一的爱与恨，也照彻了历史与现在。建在久远时空，却也建在了我的一颗始终摇曳的心。

天井

　　踱过巷子的庙宇,已近午后。淡淡的阳光透过巷子旁的槐树叶缝钻进来,落在铺满石层的巷子间,我看见了那些点点滴滴的光亮。

　　由于年代久远,枝叶繁茂,这里的阳光不常进来,除了万里晴空无云的艳阳天。我走到了天井旁,它四壁的古石已然爬满了深绿里泛着枯黑的青苔,不知是哪朝哪代开始萌发的;也不知它在井石依附的根源究竟有多深。井壁的磐石淤积的是一层又一层厚重的青苔,或者岁月遗痕。一个敞着门,看得见里面潦草的天井,缩在墙角的猫与在庭院一口水缸中畅游的鱼儿,百姓们的家居生活,如同陈旧的底片,一幕幕,一遍遍地,在我的脑海重复上映。

　　这或许是大户人家的天井,从白手起家,到家中资产腰缠万贯。却遇到打江山容易守护江山困难,对于家中的财产始终放不下心。也许为了防盗起见,所以老宅的前门楼才做得异常高大,甚至高过屋顶,这异常高的门楼在给老宅安全的同时也给它以黑暗,为了那不可或缺的一丝阳光,于是主人毫不犹豫地凿开了天井,凿出了一个世纪的艰辛史。

　　从外面伸进来的阳光的触角刚刚够得着天井的井壁,透过光滑的井壁,井水在磐石苔藓间依稀晃动着,井的下面还是一片模糊的漆黑。却依然能看到水如明镜。从前我并不懂得天井到底是什么,如今亲眼见了,总算明白了几分,圆溜溜的井壁四周由坚硬、表面布满坑洼的壁石垒成,以前整条巷子的人们都会排队来此打水,他们会在打水间隙谈天说地,结交友谊。如今这井已走过几代的春夏秋冬:淡淡的斜阳闯进来,零落的雨丝飘进来,刺骨的寒风刮进来,还有那苍白乌黑的云,飘过深巷上空上也会忍不住把窥探的目光伸进来,送来一场及时或倾盆暴雨……我恍然懂得了天井对于老巷的意义,正如阳光对于生命,建筑对于城市的

野地上的行走

意义,水滴对于海洋一样;它便是宅中人生活的全部意义。宅的空间是高大的、幽深的,有时候却也深藏着不为人知的秘密,这家待字闺中的小姐——假设这商家富户有一妙龄小姐,岂不是忧伤寂寞,孤独无助?或许天井是她唯一可以期盼与寄托情感的地方。就像老巷寄居在这座古老而又现代的城市。

此时虽近午后,却不知哪户人家的一只大公鸡站在天井旁一堵土垒的墙壁上,突然啼叫起来,嗓门清风穿堂。也许那只公鸡就是她曾经喂养过的生灵,它油亮鲜艳的羽毛就曾经被主人那双纤细冰冷的手所抚摸过,公鸡嘹亮的歌喉在巷子的淡淡的斜阳中越飘越远,飘出了天井,飘出了老宅,回荡在巷子里,唤醒了沉睡中的巷子里的人们。人们又开始了新一天的忙碌。我始终不是这户人家的小姐,我有自己生活的世界,不能再用这相似的抚摸混淆公鸡的啼叫,也不能让公鸡的悠长的呼唤使自己的思想变得缥缈:这里是梦想的寄托,是希望的所在,但同样也是缥缈虚无的遐想,但我更希望这是能让所有生活在此的人都能触摸得到的真实形体。

刚刚走过的老巷,还有那口深井,不同的两个世界,古往今来的一次对话,在过去到当下的这段漫长的岁月里,它一直在光辉与屈辱的岁月里洗礼着,见证过一段段的历史岁月,时光铺开了它整齐的阶石,人,就这样一步步走向历史,走到时间的记忆深处,去找寻祖先的足迹与指纹,追问父辈留下的故事谜团,从中细细辨认岁月的遗产,将永恒沧桑永久保存,作为这座以北为名的城市的历史遗物,也作为过去的见证。

那是一种声音。只有在井中才能听到的声音。我会静静地倾听那藏匿于时间深处的音符,感受静谧与深邃,寻找到一些遗失的东西,那本是一个正在快速发展的现代化都市所不能或缺,所恒久固有的,人们身处其中,却把它们丢了,事实上,在丢失掉那些东西的同时,也将自己迷失在时间的窗口外。

城魂

一座城市的历史就是一个人的历史。当年幼时,目见一座城市梦想的诞生;时值壮年,骑在这城池的繁华马上;日落薄暮,拨弦唱那一段昨日黄墙;命至尽头,便与它一同消亡。

对城市中的人来说,城市是他们生于斯长于斯也寂于斯的地方,是他们的家园,也是他们的母体,有时候虽难免厌倦烦恼,却总会在变迁时动情深挚。城市对人也是如此,虽然她总是不由自主地被人破坏着、塑造着、改变着,似乎在岁月钟里,早已无数次地面目全非,记忆全飞了,但她就像广袤土地上岁枯岁荣的原上草般,将所有的感情都鲜活地保存在了背后的泥土下,头顶的空气中与怀抱着的面孔上。就算是那些面孔逐渐老去,老去的面孔逐渐离去,离去的人逐渐被遗忘,但城市依旧记得他们,就像老人们依旧会翻着老皇历,一页一页数落着,城市的故景与旧事一般。

一座城市的生命仿佛便是一个人的生命。历史古城的构成,更像一件生活中永远在使用的绣花衣裳,破旧了需要顺其原有的纹理加以"织补"。随着时间的推进,它即使已成了"百衲衣",但是还应该是一件艺术品,仍蕴有美。各类建筑既有如此动人的表现力,又都不是各自为政,而是融合在宏大的焕然整体之中。

这座以北的城市就是在这样的韵味中,游过一天又一天的晨昏,而这里的人们也正是在这样的韵味中,避过了一辈又一辈的风雨。风雨如晦,他们的性情就在这风雨中磨洗得圆熟而练达,豪情而包容,充满韵味。却也在不断发展变迁的现代化都市风雨中,摇曳着自己一如既往的真性情。

夜路

月，似迷途孩童，母亲已不知去向，它悬挂在漫无边际的星空，天在寒冬的洗礼下，城市已经没了香山红叶的红嫩，没了柳絮的嫩绿，没了丰收的果实……真的一切都没了？不，这不过是寒冬的遐想。宁愿如此一次又一次地安慰着自己。这样的夜，风儿没有春的娇嫩，没有夏的亲热，没有秋的成熟，更显一种苍茫的如同刀割般的疼痛。

寒夜，看到这城市的高楼里一格格整齐垒成的明灯，却看不到里面温馨的家的画面，也许只是我看不到罢了，说不定此时几双手在那里正零距离地揉搓着，幸福的人们泡上上好的龙井，一家亲亲暖暖地围坐在一起欣赏精彩的影视节目，感受着夜风里温暖着人心的爱。这寒冷的夜里真的有爱？我不知道，始终感觉不到这周围甜蜜，暖彻心扉的爱是怎样的，就像我，是个幸福的孩子，却又是一个不幸的孩子。

总习惯在这夜晚沿着学校外面那条长长的，笔直的高速路轻声踏步，那条一直延伸到视线尽头的路，看着它起点上随风乱舞的尘土，却无法数清尽头飘洒的尘土颗粒，尽管夜已渐深，路边高楼格子窗里的人早已进入甘甜梦境。亮着白皙光芒的窗陆续地关闭或熄灭，渐渐退隐到夜的幕后去，不成为它的配角，却与夜在阒静的风曲中翩翩起舞，伴着 T 形路灯橘黄色的光,呼啸而过的车,在幽幽之光里不安分,肉眼却无法辨认的尘,唯美绝伦的夜的舞曲在寒风中演绎着一座繁华都市的精彩,还有它身后无尽的疲惫苍凉。

　　沿着高速路的最边缘行走着的我,总习惯凝视每辆从身边呼啸而过的车那刺眼的车光,眼睛里有一丝酸痛,几乎看不到前方的路,年轻的脸庞感到拂面而来的调皮的尘土,狂轰着的发动机的声音刺激着我的耳膜。好不容易从尘土嬉戏的空间里睁开蒙眬的睤时,车早已远离我身边,继续驶向远方,那条一直延伸到我视线尽头猝然消失的路,车仍是一辆接一辆如同闪电身边带着强大的马力呼啸而过,路边的枝干时不时会触到我消瘦的身躯,连同这夜的尘土,任凭黑发在夜里变得凌乱,衣服沾满尘土的谢幕,还是沿着那路在行走。即使打破头颅,也要保持这夜里灵魂的清白。这城本就不是纯白的,甚至带着各种欲望,我只认得橘黄灯下那张白皙的脸。

　　也记得那大桥,与车辆一同踏入那座大桥时,明显感到地面在微微抖动,不,那不是雄伟的象征呼喊,是它在害怕,害怕自己支撑不住人类文明的各种伟大象征,各种欲望所带给大桥的负担,连同在它身下那一湖被污染了的水。每当大车带动桥的阵阵震动时,我总担心这桥有天会崩溃瓦解。瑟瑟发抖的身躯在夜风里努力寻找紫荆的身影,它是我最爱的花,紫色的小花瓣,冒出幽幽芳香的蕾,是大自然里最美的花,人们常把这花比作南国的一阵暖暖的风,多年以来我未曾离开南国故土,正因为对它眷恋,找到了,终于找到紫荆的身影,没想到在夜风的高速路边也有它身姿,紫荆!

　　走近,想采下几朵放进心爱的纯白墨香笔记本里,让紫荆的幽芳永远弥留在纸张不曾老去的年华里,我知道每朵紫荆背后都隐藏着一段心酸感人的故事,就像这日夜忙碌的大都市的每个角落里都有那些悲欢之事上演,只是人已经太累,太累,无暇去顾及身边的疼痛与心酸,就这样

野地上的行走

错过了多少个美丽动人的悲欢的舞步。紫荆睁着它憔悴的蕾在刺骨的夜风里对我轻声诉说着这城市里的故事。

它很疲惫，尽管橘黄的光洒在它紫色的花瓣上，连同那颗浑身沾满尘土的枝干，这毕竟是夜里脆弱的光芒，可紫荆它却又不喜欢阳光里的沐浴，不是花儿都喜欢在阳光下演绎精彩吗，高速路边的紫荆却说不喜欢，它向往的是柔和的光影呵护，整整一个季节，摇曳在那些呼啸凶猛的风里，自从把家安在高速路边沿的那一刻起，紫荆的未来就决定在喧嚣鼎沸嘈杂的世界度过了，一阵凶猛的风都完全可能让它整个身躯粉身碎骨，也曾看过自己的姐妹因经受不住强烈的外界环境的打击，在风的旋涡里，如同绚烂烟花，只差一声"嘣"，化作四朵小花瓣，任凭风托着娇弱的身子停留在泥地，坚硬的高速路边，它是如何也不愿看到那片片花瓣被急速呼啸而过的车轮碾过，和地面结为一体，从此再也不能在风里演绎美丽的紫色舞曲。就像我看到静静地躺在瓷盆里的腐烂了的仙人球，散发着植物死亡腐朽的气息，没有阳光照射，没有主人精心照料，就那么静静地躺在岁月长河里悄然死去，连风也不忍打扰。

我看到紫荆的泪滴落在夜风里，它已挺过了半个季节，连同那秋的萧瑟都能坚持下来，却无法忍受刺骨的寒冬里的夜风。

终于，还是离开了这世界，带着遗憾与留恋走了，在一阵夜风凶猛地拍打过它的身躯后，还是化作片片如流水般的花瓣，漫舞风中，独自行走在风粗大的掌心中，却不长久，只有半盏茶时间，便轻轻躺到这高速漫无边际的幽暗里，我努力地寻找，寻找着刚才那片和我对话已久的紫荆，却怎么也无法找到它残缺的身子，橘黄的，洒了一地的光里，看到听到的却只有风的影子，风的呻吟，风有影子？不，我是在幽幽摇曳的树影里看到的，那是风的背影，有些像父亲每次在傍晚出门的身影。

我合上笔记本，墨香仍弥留在夜风回旋的空间里。继续向前走。

入夜了？为何在这条笔直的高速夜路上，竟看不到一个人影，只有那呼啸而过的车辆。车,几乎与我是擦肩而过,亮着同样是苍茫的橘黄车灯,拖着庞大的身躯,带着轰隆的气息而过。那一刻,我极力想窥视坐在驾驶室里的人,每次却总是失望而归,没有看到人影,我的脑海里只隐约记录下挡风玻璃后面那一张张麻木的脸,那张没有被夜风刺激过的脸,昏昏欲睡地带着庞大的家伙辗过高速的每一段路,每一个死去的紫荆。

曾有几刻,我的身躯和车子相差只有几厘米,感到一阵回旋的风几乎要把我吸进这庞然大物的底部,我抓着背包,在阵阵抖动中坚持站定,直到车呼啸而过,在它开过之后,一股强大气流马上填充进那片之前被庞然大物占据了的空间,一瞬间,残叶携尘土乱舞在混浊空气里,这是一出永不谢幕的演出。

寒夜,严寒刺骨,我看到从自己口中呼出的回旋白汽,很快扩散进漫漫夜空里,只是即便再冷,也不会下雪,有紫荆的地方不会有雪,紫荆是南国的象征花朵,可它生活得并不开心,喧嚣已让它生出憔悴。不知从何时开始,开始喜欢上雪的纯白,只是生长在南国故土,却始终无法触摸到雪的晶莹的泪,尽管降临到大地后不久它会变得肮脏。特别向往雪刚从苍茫云层里降下那一刻,那也是雪最神圣的时刻,雪花是什么? 是这世上从未受到任何污染的花,紫荆是什么? 是纯美花朵,却都不适合生长或降临到夜的高速路边。

自己则在窥视生命的另一个角度到底隐藏着什么,有墨香连同死去的紫荆,还有那刺骨的寒风伴随孤单的脚步,在橘黄灯下沙沙作响。

野地上的行走

瞳城

浮夜迷江

氤氲夜色里浮华的瞳孔，流浪过白天如发怒巨兽咆哮的繁华喧嚣，夜晚安静如同寒冬里伏在暖炉边一只正打盹，准备进入梦寐的猫，只会偶尔被窗外莫名的自然声响惊醒，只是警觉性地随意一瞥便不再当回事。

半梦半醒之间，夜色，似猫眼，凹凸镜般在收缩着，逐渐凝聚成视线中的焦点，没有任何光亮会比这更吸引人。

那是一方辽阔的江连接着一座繁华的城，夜幕下，道兮劲风让江水的呼吸躁动不安，伴随着城市光怪陆离的零散灯光，在汹涌，不断拍打着岸边层层叠叠的礁石。

沿着苍穹的纹理，涨潮，退潮，一次又一次亲吻着如刃棱的石壁，整齐堆积的巨石如余秋雨笔下的《莫高窟》：只记得开头看到的是青褐浑厚的色流，那应该是北魏的遗存。色泽浓厚沉着得如同立体，笔触奔放豪迈得如同剑戟。那个年代故事频繁，驰骋沙场的又多是北方骠壮之士，强悍与苦难汇合,流泻到了石窟的洞壁。

水与石头亲密地接触,演奏着清亮的音符,如堂上的她,又一次进入我经年的期盼。

夜色盛景在江面上窥视,如守护过年轮滂沱,目光从期待到几近绝望的女子,等待远征的丈夫,战场的风沙桀骜不羁地虐肆,是不是已吞噬了昔日爱人的身影?

孟姜女哭长城和望夫石的恒久伫立是不是撼出天灾人祸的无奈?夜色如无形的黑影,吞没了每个江边行人的身。

没有了彼此的邂逅,刹那间擦身而过仍形同陌路,仿佛无名的游戏,发生在每个人身上,熟悉或陌生,却饮着同一方江水。

每个人的面孔灿烂或阴霾,在最后的时刻,让江河的年龄去验证未知的谜底,其实连同我都说不清,为何留守在这熟悉又陌生的江边,到底在等待着什么?横跨江面的还有一座巍峨的钢缆大桥,一座属于雄伟象征的桥。

已记不清多少次经过这桥,晴朗抑或灰蒙的天气连着的日子里,我如一只精灵般安静地坐在一辆车身绘涂着流光溢彩广告的公车上,最后一排,左或右的靠窗位置,看着大桥底下的滔滔江水,我知道,这座大江孕育着人类,也是人类的宿命,满载集装箱的货轮,远眺与俯视之下,似大地苍生里的一叶扁舟,那些忙碌的人,形同天上零散的星辰,为扁舟点缀,不带风雨的泥泞。

数分顿秒间,便有舟从万吨桥面下缓缓淌过,留下的是因乘风破浪后留下的一方不安分的江水。

江水混浊又清澈,如未经世事的女子历经人世沧田便也逐渐沉淀下思想及灵魂,不是接受命运的安排,只在夜色的风韵中把自己涂抹成江景的一部分。

突然想到女子说,江,不一定是男人永久的强权象征,也属夜色迷

野比上的行走

离,流光溢彩的小女子情怀。

想起那个拂袖清风,洒脱腾空的诗者,在蜉蝣寄天下里将所有的无奈一并投向汨罗江,行人行色匆匆,有谁知道这个夜晚,一叶扁舟正在悼念不幸失去的至亲。

那一夜,江面显着城市冷暖自知的温度,自己隐藏在这城市的角落,静守莫名的年华。

在城里听风的日子

这季节,这日子,这分秒从指间流淌而过,时光的角落里花香在嗅觉中弥漫,湿润的风在耳边摩挲,宛若一只只蝴蝶,那些零散的,成群的花丛散布在城市的高桥,路边,园林,人类的步伐触及或未触及的区域。

已记不清自己是什么时候来到这里,数年前,在一个密封车厢中,透过玻璃,行进的路程中满天星辰,这路上竟也有如此多的星宿与阳光在抚摸着我心跳的温度。

那一刻,我仅仅是城的陌生人,车外必定是呼呼作响的风,视线之内,我在这里过着始料未及的日子,视线之外,自己不过是城里的一颗尘埃,飘荡在流离失所的空间,总在某个阳光明媚或滂沱雨季里,把目光放逐到那充满亢奋的虚虚实实的城市中,却将脚步隐藏在泥土的印记里,看着人们在风中盛开与枯萎的季节里忙碌。

喜欢夜幕里霓虹灯下橘黄一片的明亮,眯着眼,看着由高速路尽头迎面开来的车,带着呼啸的风,从身边不远处风驰电掣而过,那时候我的思维便也如这劲风般奔逃在没有围墙却构筑起思想防线的城市里。

在听风的日子里,不想沟通,也无须沟通,我的思绪也会盛满一个季节沉甸甸的果实。

城市离歌

我知道在钱钟书的《围城》里的人们是无法独自欢快歌唱的,也便有了城里的人想进去,城外的人想出来的海市蜃楼之象,进入抑或出来不过是城市里的一曲离歌,悠长而又连绵,但有一朵弥漫着芬芳的花始终绽放在我视线里,带着古老的伤痕。

那一刻,清亮的嗓音,带着历史的颤抖释放着所有的伤痛。

是花在夜里悄然绽放发出的声息,如破蛹的蝶,撕心裂肺,却也义无反顾,一种无形的声音传遍整个雨季。它说自己是昙花,盛开后便也将一切交付给赖以生存的土地,只留下爱的种子。

一种生的痕迹从指尖悄然滑落,埋进土地的离歌中,没有肥料,也无须照料,城中的有缘人会收养它。

夜幕的孤鸿繁华而迷离,人在不同的角落,相同的地域里相互守望,熟悉或陌生,由离歌的旋律牵引着,空灵,漫舞,轻托起城的下巴,一吻,告别,不再回来。

我不知道这旋律有多长,离歌飘过江面,在临秋十月的夜,独自凝望江水,迎着繁星,独自欢笑与哭泣。

天桥车站上的月

当那辆满载不同乘客的客车拐入一个如同地下空间的停车场时,我知道已经到站了,一个中途站,看着不断涌动的人流,想象着有人到达有人离开的从不间断,一切都在虚幻般变化,只有月,在天桥上永远守着这

野地上的行走

里。已不记得这是第几次的往返，偌大的城，总在车站中显现出它的喧闹胜景。

我看到，天高云淡，大地的温度在逐渐上升，车站，让我想到更多的是离别，来来回回，却也是繁华的城最寻常不过的事，当视线逐渐远离轨迹或飞沙走石的高速路时，竟也莫名其妙依恋起这里的陌生，一双洞彻万物的眼，也点燃了我思绪里的月光。

每次长途行程的结束，习惯沿着漫长，稍显拥挤的车站出口一路慢慢行走，身后是沉甸甸的行李，不知经过多少这样漫长的隧道，那么多陌生的人的脸孔，沉默或者歌唱，把牵挂思念放进异乡月的口袋。

月光从天桥上方的晴空倾泻了车站广场一地，清幽，鲜亮，迷离，洒在那些匆匆而过行人的背影中。

天桥盛景，宛若《清明上河图》的热闹，恍若初醒的清梦，蓦然回首，那城，那人，那念想已烙在城市深处，成了胎记。

月，独自明亮着，寻找它最爱的城，是一种伤逝还是弥留，或许只有玉兔知晓。

月光，可以幻化作千万个替身，跟随孤鸿行走，永远在那些有梦的人心里装着。漫无边际的行程，不知道月光会把我送到哪里？人间，墓园，仙境，天空抑或虚无的真空，一路前行，它不过是瞳孔沧田里一束花的生长与凋谢，或许那些都不重要了，只要月光尚在，梦就不曾枯萎，即便是种在异乡土地一颗死去的种子身上。

夜的青纱包裹着整个城，月光却能在任何角落里照见人影。

回归异乡

我在幻想着回归异乡的可能，远处一片高楼林立，最高峰的白云山，巍峨守望着一座繁华都市的崛起,最后的红霞不在故乡,而落在了我目光之外,身形之内的异乡,夕阳向晚,顷刻抚平了都市的棱角,我尽可能地想象每座城都隐藏着多少惊心动魄的秘密。

傍晚,是开启它的钥匙。却不明白为何异乡的城的美总是露于表象。暮色降临,当一切重新归于入眠的寂静,独自躲在无人知晓的房里,绘画着一切可能的美好愿景。

异乡,故乡,不过一字之别,我却因此遗失了在行程中的行囊。当发现异乡春暖花开时,故乡是否也已到收获的季节?

繁城

当最后一抹夕阳归到苍穹的峰背,繁城便也回到自己的归宿,那夜,那江,那月,那风,那人在这刻已成湿漉漉的暮霭,沿着我迷糊又清晰的视线,扩成塔里木沙丘里蜿蜒万里的罗布泊,没人能走完全程,除了让目光在地图上穿越千里荒野。

我身处的城如今却没有罗布泊里的那些幻象凶险,也许千年后,沧海桑田的轮转埋葬了这里所有的繁华。

城,也已湮没在岁末尘埃里时,我才能看清由废墟里逐渐成长起来的它,连同生活在那里的人,熟悉抑或陌生。掏空思想的一切,看河水静静流过,花的香铺天盖地,只留下瞳孔,跟随人世所有的欢歌载舞,悲欢离合。

野地上的行走

逃离一座城

　　我背负着淤积在这城里所有的信念连同愿景仓皇出逃。行囊中那些充满灿烂的笑靥与阴霾的悲痛随岁月的匍匐前行或烟消云散，或铭记于世。只因我终是城里一个普通的为未来生活奔忙的人。

　　我是厌倦了这城里喧闹的人群，呼啸的车辆，平淡琐碎的生活了吗？记得第一次来到这城，我于碾过千万里笔直或弯曲的路途中无数次仰望蓝天，和煦的光晕明媚得刺眼，阴霾淅沥的绵雨潮湿得让人直透不过气。

　　这里有无数面直耸高空的墙，那些墙有黯淡的灰，有纯洁的白，亦有斑驳的纹。在车辆终日呼啸而过的高速路边，彼此的距离或近或远，咫尺天涯于心而言不过是近在彼邻。也许只有伫立每栋建筑的最高层才能俯览城的整个面貌，直到目前为止，我也未能有幸一睹它的现代华丽与悠久历史结合的全貌。

　　初到这座城时，在一次远足登山中，只是代表性地目睹了城的半貌。在三百多米的高山上一处花岗岩石台上，它的中间立着一个巨型石锁雕塑，石锁的四周围满了层层叠叠的铁链网丝，似苍郁的高山老者历过岁月时光中无数风霜雨雪的老态龙钟的身姿。

铁丝由于长久暴露在大地的风吹日晒下已锈迹斑斑,连同被锁死在链条上的形态各异的锁,它们全身泛着金灿或黯淡的黄,唯一的弓形手臂绕了链条一圈,紧紧地嵌入自己身躯上唯一的锁洞,一排排,一列列环绕着同样锈迹斑斑的铁链。由上至下,由下至上,链条每一处的缝隙都被锁身挤满了,似乎还有一些拥挤。

有的小锁还往上翘起了或方形或半圆的身子。这锁在城中究竟度过了多少年月,远足登山的游人与我也许无从得知,就像此处距离天空又近了一步的山涧高台。阳光刺眼到只能透过手指间的缝隙艰难地瞄到蓝天缓缓飘动的白云的一角,似梦幻迷城的虚无缥缈,那么的令人神往,终想探究云朵古老与年轻并重的心,却就此成为我心中一道最深邃的风景。

是谁说过,在斑驳腐朽的表象下隐藏着一颗澄明清澈的心?这被永远丢弃了钥匙的锁,紧紧地抓住并见证着城的不断成长与枯萎的根。是年轻情侣懵懂青涩爱的见证,亦是携手并肩走过夕阳的黄昏恋人的恒世之约。

锁的主人在城里究竟走过怎样的一段岁月?在它斑驳的锈迹皱褶里埋葬与萌芽着怎样的过往?也许这些已悄然无息跟随着城的成长步伐被琐碎的岁月湮没,再也无从找寻。于我却在城零散记忆中寻找着有关对城的回忆碎片。

喜欢默默凝望着象征着爱情,成长以及城里其他脉络的锁中的斑驳的纹路,试图探向这永恒的秘密。我曾尝试将年轻的指纹贴上去,摩挲,感觉它粗粝异常的皮肤,但它又会窸窸窣窣地落下很多依附的小沙砾,空气中若隐若现地弥漫着一股斑驳锈迹的古老气息,似拴挂在遥远故乡里多年未开启的宅门上的锁,便也锁住了城一世的秘密。偶尔有尖锐细小的石头,刺得指尖的肌肤微微泛痛,我却永远也寻不到那些令指作疼的石子,更无法懂得它们尖锐的原因。

也许这是一座城在成长进程中的一种必然，只是年轻的我未曾理解它们隐藏于城的深刻含义。

我初次来到这城时是在一个繁星闪烁，万籁寂静的夜，一切只与求学有关。蜷曲在狭小的车厢卧铺空间里，俯首微微泛着杂味的枕头与被褥上，随着车子的行进而不断摇晃的身子，脑海里一阵眩晕，一丝亢奋，幻想，期盼，更多还是劳累。发动机发出的低微咆哮，在去往城的漫漫长夜的路途中，似乎不愿惊扰车厢上所有的正在酣梦中对城充满无限期待的人们，连同躺在车窗边卧铺上的我。

在未去到这城之前，曾于心反复叩问：多年后的自己会在那座繁华之城扎根安定下来吗？

这也许是一个寻不到答案的问题，但却会随着时光的流逝逐渐变得清晰。不管怎样，我终是来到了这座城，带着从故乡酝酿的梦想或匆匆忙忙或姗姗来迟到达这里，似新生的开始。无论雨之前曾给予过我怎样无情的摧残洗礼，在城里的新生，却是又一次洗尽人间烟尘归复平静原始的时刻。

于心不免泛起一阵向往的躁动，有翘首的期盼，有无限的憧憬，更多是对新城的好奇。

故乡的城是一座小镇，这里的城是一座大都市，多少次总在想，为何年青一代如此向往繁华拥挤的大都市。于是在车站，码头总会看到提着大包小包的异乡人，一脸茫然四顾时不时地望着同样陌生的彼此。鼓鼓的包囊中堆满了从异乡带来的全部梦想，或大或小，却有一番不在此处扎下根绝不返乡的决心。

这也许便是来城之人最大的欢乐和满足了。

虽然我不在那队列中，但多年以后同样会悄然无息地走进去。与故乡相同，城里向来是没有大雪的，即便气候骤降也只是接近零点的寒冷。南方有个好处便是无论多冷都不会下雪，亦有个坏处便是永远也无法触摸到最初从天缓缓而降的晶莹剔透的雪。也许人总是向往那些纯洁无瑕的美好,可望而不可即的距离形成了翘首期盼的愿景,铭刻在城中人的心。

唯记得来到城的第一个冬天,我那一下子经受不起环境改变的身体突然生病了,当时,天冷得几乎能将人的手脚冻得知觉全失。我躺在宿舍的床上,盖着单薄的棉被瑟瑟发抖,已不记得那一夜是怎么入眠的,第二天起身便感到浑身难受。

两位好友见状便马上陪我到医院打点滴,一位是邻舍的同学,一位是同乡好友。那家医院是镇上一所小型医疗诊所,却同样有着大医院里的长长的走廊,众多通向不同楼层的楼梯,点滴室位于一楼,那里坐、卧或躺这一大群生病的人,虽然我不知道他们生什么病,但凡来到这里的都是不幸的病者。不来到医院,人永远也不会知道被病痛折磨是如何的难受,只有在这里才能体会到生命的一种难能可贵。

点滴室是一间较为宽敞的内屋,用屏风隔开一间小小的注射室,里面还有几扇大窗,其中一扇窗正对着一条大街,从里望去是连绵的低矮屋顶和交替高耸的楼房编织成的图案,位置或前或后,却都是一座城的象征,原想这世上本没有城,聚集生活在此的人多了起来,盖了高楼大厦,才有了城。

我正闭着眼感觉到手背上传来瞬间的刺痛,接着便是冰凉的澄清液体由药瓶到输液管再到针头,一点一点穿过我手背上清晰可见的血管,流进我的血液。点滴室偌大的空间中弥漫着刺鼻的药味,脸上呈现出各种病态之相的人因病聚集在城中一间不到四十平方的空间里。

《围城》中有这么一句:"城外的人想冲进去,城里的人想逃出来。"城中的健康者似乎永远也不曾了解病者的痛苦,而病者却无限渴望健康者的步伐。

城中的人们种种的"进"与"出"得到的总是失落与空虚,连同病痛与健康的身躯,这是不是都否定着行为的本身。希望永远是对岸那座城堡。这是城中人在生命历程中所表现出来的喜剧意义上的荒谬抑或悲剧意义上的崇高,这是一种快乐与伤悲并重的呐喊,是清晰可触中虚无缥缈的梦。

几年前,曾经在距离故乡几千公里外的一座城遇到心灵的不测,为拯救几近窒息的它,唯有无奈地搭上南下的列车,那晚的返程路途中,我又一次失眠了。尽管那座城有一股浓郁的异乡人文之景,于我而言只是一场错误的邂逅。

几年后,我再次来到一座新城,仍与求学有关,也许有还有未来触摸不到根基的生活。《城南旧事》里的英子,在至亲不幸被病魔夺走生命后,仿佛一夜间成熟,她不再是那个昔日懵懂的小女孩了。英子知道这仅仅是城所予以她的冰山一角的苦难,她必须在最小的年龄度量人世最遥远的距离,却也因此打磨出一纯洁坚强的女子。于我,在这城里学习生活已近两年,它的繁华丽彩抑或是我逃离的原因?

多年前,我会从一座城逃回来,如今亦可能从一座城逃去另一座城,没有更重要的原因。逃,仅仅是为了看到更遥远的路。以及一切零散易碎却又凝聚执着的梦。

错爱

　　窗台外,静谧的夜空,像巨大的锅底般罩住城市的一切,一望无垠的漫天繁星的绚烂,在各自的世界里一如既往的安静,不时隐藏到黑夜层叠云雾背后的皎洁明月,漫天繁星的零散光芒,也无法点亮的漫漫长夜,一切似乎重新归于遥遥无期的黑暗,只剩这间病房的灯火依旧通明。被拉上了帘的窗户在那里静默地垂耸着,伴着夜风独舞。一盆摆放在窗台上的芦荟,在黑夜里安静繁茂地生长着,它所有的苍绿,养分以及继续延伸的顽强,却不能为躺在洁白病床上,这副脆弱的身躯带去任何真实哪怕精神的安慰,一切逐渐重新归于死一般寂静,宛若在荒野独眠了几世纪的墓碑,所有人世的爱恨早已灰飞烟灭。

　　"一凡,醒醒好吗,我来看你了,你睁开眼睛看看我啊……"子夜,医院的重症监护病房,十来平方的空间,几乎感觉不到一丝空气的流动,日光灯映着苍白模糊的视线,灯管极力散发着微弱的光芒,宛若城市晚冬无情的呼啸北风,划过天街,大桥,楼巷的每寸肌肤,冻割着这名年轻女孩同样满是一片荒凉苍白的脸,淌着泪痕,红肿的布满血丝的眼角,隐约的黑眼圈,疲倦融着悔恨,早已无法辨认原本年轻貌美的模样。

　　叶欣坐在病床边陪伴着一凡,目光满是彻心的担忧,她紧紧握着他的手，却感觉着他手上的余温在一点点消退，叶欣的心也在跟着一点点冷掉。视线几乎从未离开过一凡的脸，望着那张憔悴的脸，她仍在极力寻找那无比熟悉的目光，尝试寻找他们一起走过的那些甜蜜幸福时光。此时面对的，却是一双紧闭的眼。在仅有的一方贴入心房的冰凉空气中，叶欣找不到一凡曾经熟悉的视线。几个日夜，她在悔恨的半梦半醒间，不知暗暗痛哭过多少次，没人能听到她的声音。默默的饮泣，呜咽，抽搐，不过是漫过这座繁华都市脊背的不经意的呼吸，没人会同情，理解。除了叶欣外，病房中还有两个人，他们坐在排椅上，连疲惫的瞌睡姿态也无法掩饰的悲痛容颜，目光充满怨恨，极不情愿地看着身前这个既熟悉又陌生的女孩。

凌晨时分，当一切似乎都进入漫漫长夜无眠的梦境时，叶欣趴在床边，伴着苦痛的回忆，在时钟嘀嗒的单调声中逐渐进入无边的梦境。梦里，她牵着一凡的手奔跑在辽阔的草原中，他对她微笑着，在进入一片茂盛的丛林后，一凡突然消失了，任凭她如何呼唤也没有回音。她惊醒了，原来是个梦。当叶欣再次睁开惺忪睡眼时却突然发现，一凡病床边心电图仪器上的那条之前不断上下折跳着的线轴，逐渐变得平静，伴着规律的声线，仪器微弱呻吟着，到最后彻底变成一条直线。突然，一种彻心的悲痛漫过她的周身，本能的反应使她朝着门外歇斯底里地呐喊："医生，医生……"深夜的悲凉呼救惊醒了正在前台打瞌睡的医生护士们。值班医生闻声匆匆赶到。主治医生大步连工作服也未来得及穿好，从外面的走廊，一路几乎是奔跑着跨进病房，看了看病人，眉头一皱，转身对叶欣说："对不起小姐，请回避一下，我们要马上对病人实施抢救！"接着，一层薄薄的白布被即刻拉上，围在病床的四周。之前坐在排椅上那两个人也被叶欣急促的呼救声惊醒，站起身，神情尽是憔悴的悲痛，他们焦急并密切注意着被白布裹住的，那方病床空间里的动静。似乎在医生赶来时，抢救已起不到多大作用，当白布被再次急促拉开时，医生只带着委婉遗憾说了一句:"对不起,我们已经尽力了……"一凡永远地闭上了双眼,甚至在他昏迷的短短时日里,还没来得及和叶欣说上一句哪怕是责怪她的话。事实上这是叶欣多么希望的事,眼前的现实让这最简单的愿景变成一种虚无幻想。

听到医生的最终宣布后,那两个人其中的一名中年妇女几乎是随着话语刚落,即刻瘫软在地,难掩悲痛:"我的儿子啊……"伴着突如其来的凄凉的号啕大哭,叶欣的心也在阵阵抽搐着。当护士拉起白色的床单盖到一凡脸上的刹那,叶欣似乎看到一滴泪从一凡的眼角滑落,沿着那张曾经带给她无数欢乐的脸滑落,渗入一片白茫茫的海洋中。

护士推着他的病床缓缓走出重症病房,这次的离开将是永别,单调的步伐,伴着病床金属滑轮的单调沙沙声,回荡在长长的走廊中,久久不曾消散。叶欣在背后,跟着病床,却忍不住再次冲上前,一下子扑到被白色床单覆盖着的冰冷的躯体边,抽搐,哽咽。尽管哭声如此撕心裂肺,却不能再挽回他们曾经的爱,不能挽回一凡曾经对她一如既往的深情关怀,他已永远地离开她了。

此时从病房里走出的那两个人,看着逐渐远去的病床,其中一人边失声痛哭,边被她身边的另外一人勉强搀扶着,无法掩饰的悲伤带着无法掩饰的悲愤。突然,不知哪来的力量让那名妇人挣脱了搀扶,站直身,朝着那正在痛哭的女人,径直走了过去,指着悲痛之余的她,用几近疯狂的语气呼喊着:"滚,你这没良心的女人,是你害死了我的儿子!我儿子真是瞎了眼才看上你这女人,你赔我的儿子!"那两个人是一凡的父母。悲痛咒骂着的女人是一凡的母亲,她那几近疯狂的咆哮呐喊,回响在午夜医院那空荡荡的走廊上,就像这城市永不沉默的喧哗。

"阿姨,不是这样的,不是的,你听我说……"叶欣满是懊悔悲伤,没想到事情会变成这样,此时除了不断安慰他的父母,和无尽的自我悔恨外,她却不能再做什么。话音未落,一记巴掌重重地落到她那张早已淌满泪痕,尽是苍白的脸上。中年妇女说着:"你还敢说爱他,你没资格,走,我们再也不想见到你!"叶欣捂着火辣辣发疼的脸,仍在苦苦哀求着:"阿姨,求求你了,让我送一凡最后一程好吗?"痛失爱子的母亲悲愤交集,早已失去理智:"你走,走,再不走要你给我的儿子抵命……"说完,由一凡的父亲搀扶着,跟着病床被推出去的方向,沿着医院午夜寂寥的走廊,头也不回地离开了,只留下满是悔恨的叶欣,呆呆地瘫软在原地。

一座省会城市,充满着各种物欲横流的繁华与寂寥贫穷的落寞。叶欣刚刚从一所普通的大学毕业,她的家境在这里虽谈不上富裕,却也属于中上级阶层,经过十余年的打拼,叶欣的父母在城里都已有固定的工作与住所,他们上辈子的人从贫困,荒芜,隔世的乡村角落不知流过多少血汗摸爬滚打过来,来到这城市,继续打拼,流汗,流血,攀高官,送贺礼,好不容易有了如今的地位。在叶欣小时候,父母曾无数次对她说起过这段年代的艰辛奋斗史,甚至在她读大学阶段也有意无意提起过,她只当故事般去听,并没有过多放在心上。母亲在一家房地产公司做财务会计,父亲是一家中型煤矿企业的老板,虽然近几年经过金融危机和财政调控的几次洗礼,在这之后好多企业都面临着倒闭命运,但这对叶欣父母的单位并无造成多大影响,这些相对大型的企业早在城市中站稳了自己的脚跟,而且都是国有企业,公司的各方面运转已基本成熟,一些外因根基的轻微动摇,是不会对他们单位造成过大的影响。因此叶欣一家的日子过得还算平和稳定。

和所有的大学毕业生一样,虽然她是研究生毕业,学历较高,而且叶欣在大学期间取得了相关专业的水平考试证书和学位,可在竞争如此激烈的社会中,她仍感到自身危机重重。当叶欣投出第一份简历时便意味着即将要踏上社会,她做好了充分准备,可尽管如此,叶欣投出去的大多数简历都如同石沉大海,只有少数简历得到回复,原本有几家在叶欣看来还算不错的公司,就在她要去试工时,却遭到母亲的反对,母亲觉得女儿找的工作要么工资不合理,要么对工作环境不满意。随着时间的推移,眼看着女儿大学毕业已近一年却还没找到合适的工作,叶欣的母亲急得如热锅上的蚂蚁。整天在嘴边念叨着:"欣,工作找得怎样了? 你要抓紧时间,看你都二十几了还让妈这么操心。"这是母亲已无数次对她的询问。这样的叨念让她感到一种前所未有的紧迫。

"妈,还没那么快,现在工作难找,我们同学毕业几年却依然东奔西走,再说找了很多你都不让我去,妈,工作的事,你能不能让我自己去决定? "叶欣似乎也有些无奈。母亲却总是苦口婆心地说着:"欣,我们那代人生活在乡村,耕地,种菜,整天的不分日夜的忙碌,那时经常连一顿饱饭都吃不上,现在好不容易来到了城市,站稳脚跟,生活条件好了,你也要为父母争气,找份好工作,嫁个好人家。要不你看,像我们公司的拖地妇女,清洁工,还有那些农家女人,就因为没有争气也许只能一辈子做这个,碌碌无为也就过完一世。对了,妈妈的公司现在招人,内部的招聘人员都是我的同事,要不帮你争取一下,看能不能让你到妈妈的公司当会计助理,妈在公司好歹也做了十余年了,这饭碗说不定今后还得由你来继承,你进来也等于帮忙,也好让妈放心。"

"妈,别老提你那都可以进博物馆的时代好吗,工作的事我还是想自己找,进你的公司就算了。"虽然母亲三番两次向她提起过此事,但叶欣一开始就不打算到母亲的公司当会计助理,她更想通过自己的努力寻找一份心仪的工作,如果真是那样的话也显得太无能了。

从小叶欣便是一个乖乖女,因母亲的严厉管教,一直走在被限定好的轨迹中,虽有些小抵抗或不情愿,但她还是规规矩矩走着。大学四年似乎从未谈过恋爱,虽然有过不少追自己的男生,叶欣却从未答应过任何人。父母只有她这么一个独生女,总是千方百计地不想让她受苦。母亲似乎看透她的心思:"女儿,不是妈故意干涉你的自由,我们就你这么

野地上的行走

一个女儿，能看到你过得幸福便是对我们最大的报答了。"每次听到母亲如此用心良苦的劝慰，叶欣的心里总不是滋味，但她还是只想自力更生，经过一番不懈努力，叶欣好不容易说服了母亲，工作之事她不干涉，却有一个条件，必须是国企。

也许这样的情况可以说极其普通又极其幸运，这天她无意接到了一个面试电话："你好，打扰了，请问是叶欣小姐吗？我们是某人力资源管理公司的招聘处，感谢你投来我们公司的简历，是这样的，我们已经初步浏览过你的简历，从你的各方面上看都比较适合我们公司的会计岗位，想请你后天下午到公司的二楼面试，不知是否方便？"这家人力资源管理公司似乎对叶欣简历上所描述的各方面都比较满意。她此前曾向多家心仪企业投出多份简历，由于投的简历太多了，自己也不大记得是否有投过简历给这家公司，为此她还特地上网查询了解该公司的基本情况。

这是一家中型的民营企业，从电话中能感觉到对方态度的诚恳，叶欣是研究生学历，虽然在这博士生都可能进菜市场摆摊的年代，所谓学历不过是一张廉价白纸，但那毕竟是特例，更何况，他们是比较传统的家庭，工作，结婚，生子，过着普通而幸福的生活，便是父母对自己最大的期盼。面对这突如其来的难得的求职面试机会，叶欣不假思索，满口答应了。并与其约定好具体时间，在礼貌道别挂断电话时却突然想到母亲的话，虽然没明确表示，但她知道母亲本意是想让自己留在身边，恨不得女儿在自己眼皮底下工作就好，这也许是她的初衷。

叶欣能理解母亲的做法，费了不少唇舌才说服母亲，何况这是自己好不容易争取得来的面试机会，而且从公司所表明的薪酬，环境来看，都令她比较满意，叶欣决定瞒着母亲去尝试一下。就在她左右为难时，又一个电话打来了："欣，今天妈妈的公司要赶一笔账目，比较加急，需要加班，我可能会比较晚才回来，你自己煮点东西吃，不用等我了，对了，你的工作找得怎样了？"

"没，还在投简历，妈，行了，我知道了。"叶欣有些不耐烦地，淡淡地回答着，似乎对母亲的话有些漫不经心。母亲的用心良苦她不是不曾体会，似乎无论何时，在父母眼里她永远都只是一个小女孩，乖乖女。每次遇到某些挫折或苦难，她的内心强大或脆弱时，在父母面前都化作白纸一张，她的人生几乎是白茫茫的一片透明，不曾有过撕心裂肺的人生苦痛，一年普通而平淡的求职日子就这么过去了，叶欣却并没有学到太多，甚至在某些时候她会感觉到自己的无能，至少在曾经的大学同学面前，她不能大谈自己的求职或恋爱经历。其实也不全怪母亲，她所做的也是为自己着想，毕竟作为母亲，女儿现有的一切便是她全部的幸福。

隔天，叶欣如约来到这家公司，出门前对母亲谎称去参加大学同学的生日宴会。她乘坐公交前往，公交在市区转了二十分钟左右到达了公司，她来到公司楼下。只见门前两边的两座石雕散发着雄伟壮大的气息，旁边花圃里多彩的花草点缀着时尚的色彩，公司的办公层位于所在大厦的六层，在进到电梯那刻，叶欣稍稍做了一下深呼吸，同行的电梯里看到几个西装革履的人，她朝他们微笑点了点头，却没人回应。电梯到达目的楼层"叮"的清脆声响，终于到了，她径直走了进去，只见眼前是一条长长的走廊，走廊两边分别有八到十个房间，房门上方贴着部门经理之类的标签，不时有打扮很像白领模样的人匆匆忙忙地从叶欣身前迎面走来，出于礼貌，就在她刚要向对方打招呼时，对方却只是一个擦肩便走过去了，似乎并没有注意到这位新来的求职者。

往来的人没有过多的交谈，似乎都在各自的世界里忙碌着。叶欣感觉走进一个陌生的世界，来不及多想，走过几个走廊拐角，终于来到之前约定好的面试地点。刚走到拐角处，只见几间办公室外边大概有几十个人，坐或站着，那些人基本身着正装，神态悠闲或稍显紧张，有的坐在那里，随手翻阅着摆放在身旁的报纸杂志，有的在低头摆弄着手机，有的夹着公文包,包里放着早已提前准备好的简历,等待之际不时会拿起来看上几遍,生怕表格哪里写漏了什么重要信息。就在这时,人群中有一个人没有穿正装,被洗得发白的衬衫,配着一条被已被磨损失去原色的牛仔裤,他的着装在所有应聘者中非常显眼。一头中长发型,眼神隐约透着几分呆板,两手握着几张被卷成筒形的简历纸,呈内八字摆放在身前,几张简历纸在他等待之际的闲暇时光下,被卷握得有些微微发皱。那男人看上去似乎有几分学生腼腆,站在应聘人群的最后面一个靠近饮水机的地方,其他素不相识的应聘者在等待面试之余会天南地北地聊上几句,他站在那里斜背靠墙,望着某个角落发呆,并不主动和身前的应聘者聊天,只有在别人回头和他搭话时才会说话。在叶欣注意并打量着这个男人时,他似乎也注意到坐在对面的叶欣,抬起头,礼貌地朝她点头微笑了一下,这是在陌生的公司第一个主动朝她打招呼的人。叶欣站起身,缓缓走了过去,好像有一种和眼前这个同事前来应聘的男人相识已久的错觉。

"你好,我叫叶欣,来应聘的,你也是应聘的?"叶欣主动发话。

"是的,我叫卓一凡。"小伙子淡淡回答着。

"你在这里等多久了,我刚来,没想到来这个公司应聘的人还挺多。"叶欣看着拥挤的人群感慨。

"我来等待大概有一个多小时了,大公司人多也挺正常。"男人小心翼翼地回答着。

"你是哪个大学毕业的,我是一所大学研究生毕业,毕业差不多一年了,一直找不到合适的工作,换了好多家公司,前些天刚给这家公司投了简历,没想到很快就接到面试电话了。"叶欣微笑说道。

"多尝试下不同的工作也挺好的,再说你学历那么高不愁找不到好工作……"男人并没有正面回答叶欣。

"那可不一定,不过这都怪我妈,每找一份工作总会被她阻拦,她就想我到她的单位去当助理,这次来面试我还是瞒着她呢。"叶欣似乎对母亲的做法耿耿于怀。

"也许你妈是为你好。"

"好像该我了,先不谈了,我先进去,祝我们都面试成功,回头见!"就在这时,叶欣听到面试办公室有人叫唤她的名字,匆匆向一凡告别后便进去了。

在等待近半个钟头后,叶欣终于等来了她期待许久的机会,似乎很幸运却又在意料之内,最终她成功成为这家人力资源管理公司的财务会计。就在叶欣从面试办公室出来想找之前那位初识的男人报喜时,目光到处却寻找不到他的踪影了。从一开始她就感觉那个男人有些话没说完,或许他有什么难言之隐,根本不想将自己的事情告诉别人,回头一想,何况自己与他也仅有一面之交,除了知道他叫卓一凡外,叶欣对这陌生的男人一无所知。她只好独自离开了。

公司通知她第二个星期一早上准时去报到上班,对于自己已找到工作的事,别无选择,叶欣打算继续对母亲隐瞒此事。在家的一星期她和平常一样度过,除了心情有些忐忑却也一副若无其事的样子。那个陌生男人的身影似乎正从她脑海中逐渐消失,一点点变得模糊不清,以致她怀疑自己之前的相遇是一场幻觉。

星期一很快到来了,叶欣如约来到了公司,轻盈的步伐中有一丝沉重,就在她走到公司大楼一楼大厅的楼梯口时,突然看到一名电工维修员正坐在短梯上,专心致志地修理着,一楼大厅的一个装饰华美的水晶灯,那电工穿着一身深蓝色工作服,扣着一顶灰红相间的鸭舌帽,帽子的边缘被压得很低,几乎是紧紧扣在头顶,帽舌被随意转到脑后,叶欣看到他时是在楼梯口的最侧面角度,中间的距离大概有十多米,只模糊看到人影,轮廓无法辨认,不过仍能看到那电工的脸有些酒色泛红,额头正微微冒汗,背后的工作服已被汗水浸湿一大片。戴着白色掺和着灰黑色的手套,正拿着螺丝笔在那里捣鼓着,每个步骤都很仔细,似乎生怕遗漏什么。那张脸,好像曾在哪见过,叶欣好奇地慢慢走过去,模糊的轮廓逐渐变得清晰,直到她看到他的脸,突然想起来了,那不正是在面试时见到的那张脸——卓一凡。叶欣感到很惊讶。

"一凡,你怎么在这里修电灯?"突如其来的声音似乎吓到了正在那里专心致志修电灯的一凡,起初他以为是维修部主管的叫唤,低下头定睛一看,也让他有点稍稍意外。

"叶欣,你的面试通过了?"

眼前的男人并没有正面答复她的疑问,似乎在逃避什么。

"对,今天第一天上班,对了,那天你去哪了,怎么跑到这里做维修?"叶欣满是疑惑与不解。

"你先去上班,第一天上班要给公司留个好印象,我晚点和你说。"男人仍是淡淡回答着。一天的上班,叶欣此前已努力准备了一星期,信心十足,没想到突然遇到卓一凡,那天他为何会突然不告而别,如今又为何会在这家公司做维修,满脑子的疑问让叶欣在一整天工作中心不在焉,差点算错几个重要账目。连她自己也说不清为何会对这个半生不熟的男人始终念念不忘。好不容易等到傍晚下班,叶欣拖着疲惫酸痛的身子缓缓走进电梯,就在电梯下到一楼大厅时,她刚走出来,看到在电表旁有个身着深蓝色工作服的背影,还在那里忙碌着什么,听到有人下楼走出电梯的声音,那背影回过头看了看,神色有些愧疚,叶欣早已忘记劳累,一个箭步上前,还没等他发话,便急切追问着:"一凡,这到底是怎么回事?"

"等等,我进去换身衣服。"说完,转身进到隔间的临时更衣室里,那是公司为维修员工临时搭建的一间小房,其实是一个隐藏在一楼楼梯口背面,由几块木板搭建而成的呈斜直三角形的一方狭小空间,最高处刚好够一个正常成年人站直的身高。一会儿,卓一凡从里面出来了,换了一身勉强算得上是休闲装的衣服，那是一条被洗涤得泛白，裤脚的线毛已渗出的牛仔裤，褪色的衬衫，一双被磨得失去原色的帆布鞋，不过和刚才那身深蓝色工作服相比，这身休闲服看上去更爽朗些，即便隐藏着被繁华都市碾压过的隐晦土气，衣领的汗迹甚至遗留着某种挣扎的痕迹。

　　两人走出公司，夜幕早已降临，远近处的高速路，天桥上依然的车水马龙，林立的高楼里灯火通明，尽管已入夜，这座城市充实却虚无的虚壳却一直未曾安静过。两人沿着人行道沉默不语地走着。走了很长时间的路都没有说话，叶欣半刻也经不住了。

　　"一凡？"叶欣叫了他一声，他看上去似乎心事重重，还是没有发话。不知什么时候已走到一个公交站牌处，他们停下脚步。公交站背后广告牌内的日光灯散发出的白茫茫的光线，洒在卓一凡满是疲惫的脸上，不断游离的目光，原本的学生清秀模样在这黑夜里显得有些突兀苍凉。卓一凡看了看叶欣，只瞬间工夫，他的目光很快便移到别处："对不起，上次不告而别，是怕你会看不起我，其实我来这家人力资源管理公司是应聘维修电工，我，我只是一名技校生！"他似乎使出浑身勇气才搪塞出这番话，说到自己是技校生时，颤抖的嗓门稍有提高，却带着愧疚的语气。叶欣这才知道，原来卓一凡是市区一所普通技校电工维修专业的毕业生，无意中正巧碰到这家公司招聘维修工，临时准备了一份简历，来到公司参加面试。

　　"一凡，对不起，我不知道你是来应聘维修工的，可我从没嫌弃过你。"叶欣没想到眼前这位有点腼腆的男人会是技校生，难怪面试那天他所有举动与人群显得有些格格不入。一凡看上去除了稍许腼腆外，更像邻家男孩，对这个男人，叶欣非但没有嫌弃，反而突然对他职业以外的生活起了浓厚兴趣。一凡愣在那里，一脸对叶欣此前的话有些不知所措的怀疑。

　　"我突然发现你和其他女大学生有些不一样。"一凡看着眼前的叶欣,似乎对她的举动感到不可思议。

"怎么不一样?"叶欣追问着。

"你真没有嫌弃我?"一凡在确认。

"你看我像那种看不起别人的人吗?"叶欣朝一凡做了个可爱的鬼脸。

在一凡的求职生涯里见到过很多女大学生,好像她们的学历越高便越看不起低学历的人,此前他曾到一所重点大学的研究生学院的学生宿舍楼进行维修工作,天花板上一盏摇摇欲坠的大型旧式照明灯,在一凡一双戴着手套的手中不停晃动着,由于照明灯使用年月已久,被碰触时不时有些许灰尘被抖落,此时刚好一名女生下楼,从维修梯旁经过,他并没有注意到底下有人经过,灰尘刚好落到从维修梯边经过的女生的头上,那女生一下好像惊雁般敏感地尖叫起来,紧接着抬头破口大骂:"你这修电灯的能不能注意点,人家刚洗完头,真倒霉,刚下楼就被抖了一身灰。"

"对不起,我刚才没注意底下有人经过。"说完,一个快步从高高的维修梯上爬下,从有些磨损破旧的背包中翻出一包纸巾,爽朗地边递给女生,边道歉。

"谁要你的纸巾,脏死了,我这有。真晦气,刚下楼就被撒了一身灰,衣服都被弄脏了,学校什么时候不好弄,偏在我们上下楼时间修电灯,还雇了个笨手笨脚,没长眼睛的维修工!"那女生一副浓妆淡抹的清纯白皙的脸蛋,却透着锐气十足的气息。虽然委屈,一凡除了一直道歉外却别无他法。居住在此的女生全部是该大学的在读研究生,他得罪不起,也许那些研究生根本就没把这一身邋遢的维修工放在眼里。

"叶欣,你真是个挺特别的女孩,不过还是谢谢你。"一凡朝她善意微笑着。由于两人在同一公司,此后,每次下班,他们总会相互等待,一起回去。可每次等待都选在距离公司大楼外两百米左右的公路拐角处,

第一辑 城迹

039

然后一凡径直送叶欣到公交站。一个多月以来,他带着叶欣几乎吃遍了城市周边所有小吃店。从小便在父母的严加管教下,叶欣从不知道这城市还有如此多琐碎的美好,这些是她以前从未发现的,这些琐碎的美好大多存在于路边的大排档,小吃店,地摊中,甚至天桥下的一草一木中。一凡还带着叶欣走到天桥下的一片广阔的空地烤番薯,闻着熏烟中弥漫着的番薯的香味,听着不断从头顶庞大的天桥呼啸经过的车辆的巨大撼动声响,这种以前从未有过的撼动让叶欣感到新奇。一凡带着她游遍了这些她平日不敢前往的地方。她越发觉得这个男人的不可思议。

转眼,初秋临近,这天下班,一凡像往常一样在路口等着叶欣。刚一见面,叶欣打量着他一身单薄的着装:"一凡,都入秋了,你怎么还穿这么少?"自叶欣认识他以来,除了那身深蓝色工作服外,在任何场合,一凡几乎就是一身衣服,发旧的衬衫配一条被搓洗得泛白的牛仔裤。

"走,今天我发工资,带你去买几件衣服吧。"叶欣只说了一句,便拉起一凡的手朝服装店的路口走去,在碰触到叶欣手掌那刻,他的手微微抖缩了一下,似乎有些意外。

"还愣着干什么,走,这次我请客!"一路上叶欣紧紧地抓着一凡的手,两只年轻的手掌在城市萧瑟的秋风中多了一份彻心的温暖。一凡冰凉的心好像找到某种慰藉。逛了几家时装店,一凡在那些时尚的服装店中感觉浑身不舒服,为了叶欣,他只好硬着头皮随行着。叶欣为他买了几件衣服,在试穿时叶欣差点认不出他了,他穿上新买的休闲服,几乎和城市的白领没两样。

"一凡,你穿上还挺像白领,就给你买这几件怎样?"

一凡穿着西装却感觉浑身不自在,这身衣服与自己之前穿的休闲装多了崭新的硬质。他只是习惯性地默默点着头。

"叶欣,你为什么对我这么好,我只是个维修工,给不了你什么。"

"没有为什么,反正就觉得和你交往的感觉很好,以后下班你就穿这些衣服吧。"叶欣叫来店员把衣服包了起来,同时掏出钱包要付账。

"要不我来。"一凡似乎还不太习惯别人帮自己付账。

"没事,都说了我今天发工资,就当请你,下次你再请回不就行了。"叶欣微笑地看了看他一脸不好意思的样子。路上,一凡边提着衣服,边牵着叶欣的手,两人的心里一阵欣然在升温,更有一种情感在交融。城市的初秋到处弥漫着阵阵寒意,在人们各自裹紧身前的衣服时,他们的心却是暖洋洋的,似乎从未寒冷过。在走到一个拐角路口时,一凡突然转身从平时做维修经常背着行走的背包中拿出一条用礼品袋包裹着的围巾:"欣,送给你!"说完,将那条浅蓝色的围巾轻轻地围在叶欣的脖子上,他好像有话要说。

"怎么了?一凡。"

眼前的男人越来越让叶欣感到无法捉摸。

"我把我们交往的事告诉我的父母了,他们说想见见你,我怕你……"他有些犹豫。

"怕我什么?"

"我怕你不答应。"

叶欣想了想,又看了看目光游移的一凡,淡淡地说了一句:"我答应你。"

"真的?"

在确认叶欣真的答应后,顿时,一凡一颗悬着的心在某种程度上终于落下了。公司中比一凡好的男人无可计数,在那些充满着各种利益的目光中,叶欣却只清晰记得面试时无意间遇到的那双目光,一双清澈的目光,虽然少了事业的霸气,却时时散发着淡淡的隐忍,坚韧,叶欣喜欢这样的男人。她知道这男人背后一定有她想知道的故事。

这个周末,公司放假,长途车缓缓行驶在郊野漫长的公路上时,伴着车厢轻微的嘈杂声,在一处靠窗位置前,叶欣轻轻地依偎在一凡的肩上,

041

凝望着郊野美丽的乡景,她的心却突然有丝丝忐忑。车子在行驶近两小时后,缓缓靠站。走过一段羊肠小道的乡路,一所普通的农家住宅,突然出现在他们眼前。它隐藏在乡村的角落,走过多少泥泞年月,无人知晓,伴随时光,坚守着世代的生存。开门的是一凡的父亲,一副憨厚老实的庄稼人模样,头发微微渗着斑白,穿着拖鞋,脚脚踝裸露着粗糙的皮肤与厚厚的老茧,究竟有多少隐忍隐藏在这年过五十的中年人身上,也许只有这古宅知道。

走进住宅,二十来平方的四合院,几只鸡崽在母鸡的带领下,正在不远的一块水泥地上欢快地来回啄食,一口手压式机井在午后一轮斜阳下显出它年代的久远,斑驳,楼道底部有一个中式剥稻壳风车静静摆放在那里,老旧的木纹隐约蒙了一层厚厚的蛛网,在正午阳光辉映下不时熠熠发亮。叶欣想起一凡在公司一楼的临时休息之所,那方狭小的空间。就在他们进到院里时,一位中年妇女从外面走了进来。

"一凡,回来了?"老远便听到母亲亲切期盼的呼唤,她似乎还来不及脱掉身上的环卫工作服,便径直走进院里,见到母亲进来,他们赶忙站起身。

"妈,这是叶欣。"一凡礼貌地向母亲做着介绍。

"阿姨好!"叶欣朝一凡的母亲微笑地打了个招呼。

"不用客气,你们随便坐,我先去换身衣服。"在一凡母亲转身走出门口时,叶欣看到她背后被汗水浸湿了大片的工作服,就像第一次意外地在公司一楼大厅见到一凡的背影,一种无法言喻的疼痛在她心里撞击着。一会儿,一凡母亲换掉那身脏兮兮的工作服了,端着一壶茶水,拿着几个茶杯,微笑地走进大厅:"农家地方没什么好招待,希望别介意,叶欣,这是我们自家种的菊花茶,来试试。"

"阿姨,没事,我自己来就行。"

一凡的母亲是城市的环卫工人,父亲是郊区一家民营企业的出纳,

野地上的行走

企业有具体承包账目收入时才去帮忙，平时一般只能到田地里耕种，两人的收入刚好勉强够维持生计，全家现在主要靠母亲还有一凡的收入，看着母亲日夜辛苦，为此一凡曾多次劝阻母亲退休回来，由他全程负责养家，母亲说什么也不听儿子劝阻，执意工作。她清楚地知道，如果回来便等于失去一份工作，儿子好不容易在大公司找到一份维修工，何况自己还有余力，虽然环卫工，脏兮与劳累并存，甚至有时还会招来各种鄙夷的眼神，但一凡的母亲对此只保持沉默，兢兢业业做着自己的本分。

"叶欣，听一凡说，你是研究生毕业，现在在同一家公司？"从进家门那刻，一凡的母亲便对眼前这位彬彬有礼的女孩打心眼里喜欢。

"是的，阿姨，我在公司做财务会计，面试那会儿正巧认识了一凡，他人很好，不过有点腼腆。"叶欣微笑说着。

"一凡，对自己女朋友还腼腆，大方一点。"母亲在一边小声叮嘱着儿子，眼神满是欣喜。

"妈，叶欣是开玩笑的，哪有这样的事。"他显得有些不好意思，稍稍提高嗓门。

"你们在一家公司？"一凡的父亲还有点不大相信。

"那次说来也巧，在公司那么多人面试中，我就注意到他了。"叶欣对他们那次面试的偶遇仍记忆犹新。从那双满是淡淡气息的眼神中，她便有种想了解这双眼睛背后故事的冲动。他们在四合院的院子里愉快交谈了近一个下午，一凡的父母待客非常热情，临走时，一凡的母亲还特地给叶欣准备了一些农家特产带回去，她欣然接受了。那是他们自家耕种的菊花茶叶，散发着乡村土地的厚实芳香，更带着一股浓浓的情意。

"看我给你带什么回来了，妈！"没等进家门，叶欣已忍不住内心的欣喜，似乎一时忘记自己向母亲隐瞒工作一事，还有那陌生的男人。走到大厅时，母亲不知什么时候已坐在那里，一声不响，脸色有些阴沉，看都没看叶欣提在手上的茶叶，劈头就问："这段时间你都干什么去了，那么晚才回家？"

"去一个同学家做客，说是毕业这么久了还没好好聚过，怕以后工作忙了要聚的机会就少了。"叶欣尽量压低语气，平静地回答着。

"你毕业都一年多了，只有几个留在本市工作的同学，那好，你说去她们家聚会了，我这就打电话去核实。"说完，母亲转身回到卧室，翻找电话簿，原本找工作之事，叶欣打算对母亲一直隐瞒下去，如此看来是瞒不了了。

"妈，别找了，对，是我瞒着你在外面找了工作，但我现在靠自己的能力过得很好，我不要到你的公司去当助理！"叶欣再也忍不住大声叫唤着。

"好你个叶欣，敢瞒着妈妈到外面找工作，万一被骗了怎么办，你明天就给我把原来的工作辞了，然后到妈妈的公司做会计助理，我都给你安排好了。"

"妈，我不要去你的公司，何况现在这家公司也是大企业，待遇不差，这是我好不容易才面试成功的。"叶欣使劲向母亲解释着，刚开始她只把这看成一种爱，逐渐地却成了束缚，这种束缚让她感到窒息。她的大学生活是苍白的，甚至从小到大都在被限定的轨迹里行走，更何况那里还有他。自从去见了一凡的父母，她逐渐发现自己已经离不开他了，一天未见便感觉缺少什么。

"不行，明天你一定得把工作辞了，你不去，我去帮你辞职！"母亲丝毫没有让步的意思，她的眼神射出丝丝锐利的光芒，像黑夜里刺骨的寒风，态度之强硬冰冷让叶欣几近绝望。从来没想到自己的母亲会这样咄咄逼人，这是我母亲吗，叶欣甚至对自己的身世起了怀疑。

"妈，能不能给我几天时间考虑？"叶欣的语气逐渐变成苦苦的哀求，也许再争下去对自己，对父母都是一种伤害，那段感情也许从一开始就是错误。母亲答应了她的要求。

这些天,公司的各种电路系统运行一切正常,今天轮到一凡值班,他在一楼维修部门口坐着翻看报纸,像自己的学历最多只能看看每天的民生新闻报纸,知道国内外一些时政事就知足了,至于书店那些文艺大部头,他想都不敢想,和叶欣这样高学历才女在一起,一凡总有种无形的压力,工作闲暇之际,他会有意无意地学习,看报纸,关注时事,政治,娱乐等新闻,和叶欣在一起时才有更多共同话题。维修工需经常出入各种高级场所做各种维修检查工作,除了被他人无视外,难免有时会遇到高学历者的嘲讽,一凡从没有半句怨言,总是默默承受,自我安慰着,心想,学识浅薄也许是件好事,不用太多烦恼,每天简单幸福度过何尝不是一种美好,更重要的是有叶欣,她丝毫不嫌弃自己,这对一凡而言已是莫大安慰,有时他无法想象这样的女子怎么会看上自己,叶欣只说喜欢自己那股朴素纯真,那股像炎炎夏日里的清凉气息,也许那是一凡仅有的。

在这家公司,甚至在这座物欲横流,繁华盛景的城市,那样的气息在人们身上正逐步隐退,销匿。他从未把自己认识叶欣的事向维修部其他任何员工提起,在这里他不过是一名维修工,除了维修,其他尽显多余。等待叶欣也是在去往距离公司大楼差不多两百多米地方的公路拐角处,这天,和往常一样,他去到那里等待叶欣下班,等待了片刻,老远便见到叶欣,依然淡淡的美丽,却注意到她目光似乎有些茫然的游离。

"叶欣,怎么了,工作不顺心吗?"一凡关切地问道。

"一凡,我……"叶欣欲言又止。

"是不是遇到什么困难了,跟我说说,说不定能帮你?"

"一凡,我要辞职了!"叶欣从嘴里迸出一句让一凡吃惊的话。

"怎么回事,做得好好的,为何要辞职?"除了感到惊讶外,一凡一头雾水。

"我妈要求我辞职,到她的公司当会计助理。"

"那我们以后是不是不能见面了,不,叶欣,要不这样,我去和你母亲商量看看能不能让你留下。"

一凡的激动让她没想到这个男人对她的情感竟会如此强烈。他的淡然与强烈在时刻撞击着自己的心灵。可面对母亲的无理逼迫，除了妥协她别无选择，叶欣不想离开一凡，她发现自己已爱上了这个腼腆朴素的男人。这段感情不能再隐瞒下去，必须将相爱之事和母亲说清楚。也许这是唯一的解决办法。

就在这个星期天，两人商量好之后，叶欣带着一凡来到了自己家。

"阿姨，你好，我叫卓一凡，和叶欣在同一家公司。"刚进门，一凡彬彬有礼地介绍着自己。

"小伙子，你和叶欣是怎么认识的？""我在公司做电工维修，说来也巧，面试那天无意间认识了你的女儿。"

叶欣母亲对这位突然上门拜访的男人感到有些意外。

"你是我女儿公司的维修工？"听到这话，叶欣的母亲有些惊讶，打量着眼前穿着朴素，有稍许腼腆的男人，又看了看一旁的女儿。叶欣的母亲突然感觉这是天方夜谭。一凡还有几分白领气息，她以为眼前的男人在开玩笑。当确切得知一凡的父母是农家人，特别是知道一凡母亲是环卫工人后，叶欣的母亲突然像变了个人，态度强硬："我女儿不适合你，希望你离开她，看你做维修工也辛苦，给，小伙子，这里是三万元，拿回给你父母做生活补贴或重新找份工作。"

"阿姨，你听我说，我爱叶欣，这钱我不要，我靠自己的能力可以养活自己和叶欣。"

"我女儿真的不适合你，我也不会同意的。"叶欣母亲强硬的语气不改。

"妈，你在干什么？"看到母亲的举动，坐在一旁的叶欣已忍不住内心的冲动。

"看你都和什么人在交往，还瞒着我这么久，你眼里到底有没有我这

野地上的行走

个当妈的？"母亲怒火中烧，恶狠狠地盯着叶欣。

"妈，我就是爱像他那么质朴的男人。"叶欣的眼泪再也忍不住夺眶而出。

"对不起，叶欣，我先走了，可能是我打扰你的生活了，再见阿姨！"一凡看了一眼叶欣的母亲，有些无奈，淡淡地说了一句便匆忙告别，叶欣母亲的态度让他始料不及。

"女儿，这个叫一凡的男人真的不适合你，他不过是个维修工，学历低不说，出身又贫寒，跟着他以后要吃苦的，你一研究生，人长得又漂亮，还怕没好男人？妈也是为你好，希望你理解。"尽管叶欣面对夺门而出的一凡不断呼喊着，他却还是头也不回地走了。就在叶欣想追出去时被母亲一把拉住了。

"叶欣，你到底是怎么回事，瞒着妈妈在外面找些不三不四的工作，又交上不三不四的男人？"

"妈，什么不三不四的男人，我找的是会计工作，一凡是我男朋友！"她捶打着墙壁，泪水早已决堤。

"妈所做的都是为你好，你还不谙世事，我们都是书香世家，你爸是国企老板，妈又是国企的财务会计，他们不过是农家庄稼人，那点微薄工资仅能维持生计，妈理解农家人的辛苦，何况爸妈只有你一个女儿，可不能让你跟着受苦。叶欣，听妈的话，只要你不和他在一起，妈答应你，以后一凡有任何困难我们都可以帮他解决。"面对母亲的苦口婆心，叶欣似乎听懂了，她曾看到一凡的家境，他需要帮助，也许这样会是最好的结果。

接下来一个多月，他们没有再见面，他只知道叶欣从原来的公司辞职了。每当一凡开始有种思念，按下曾经熟悉的电话号码时，那头只听到忙音或无人接听。难道从一开始这便是一个美丽的童话，或许她根本没爱过我，当初走到一起只是一种好奇心驱使。每次进入午夜，叶欣母

第一辑
城迹

亲的话会一次次在他的脑海中不断重复:卓一凡,你不过是农民工的儿子! 他似乎也接受了这样的现实,原本毫不起眼的维修工,在任何地方,在他人眼里只是纸醉金迷,欲望膨胀的城市中卑微透明的普通工作者。叶欣此前能毫不忌讳地和自己交往已是莫大的奇迹。

此后,叶欣离开一凡,并从原来的公司辞职后,被母亲安排到自己公司当上了会计助理,看着母亲欣慰的笑容,叶欣的心愧疚的同时仍念念不忘一凡。自己这么做,对抑或错,她不知道也不敢去想,只祈求时间能将一切冲淡,可有些已被铭心的痕迹真那么容易去掉? 日子过得平淡而乏味,一凡仍在此前的公司当维修工,公司对于叶欣的突然离职并没过多追问,只深表遗憾,而叶欣当初给出的辞职理由是家人要求继续读博深造,没人知道一凡认识叶欣,但自从和她分手后,一凡再也没有和任何女孩交往。

这天,他和往常一样回到公司维修部上班,刚换上工作服时,突然一阵急促的手机铃声从他换下悬挂在衣架上的一件上衣口袋里传来。一看来电显示。是父亲打来的。

"爸,是我,什么事? "当电话挂断后,一凡的脸色突变,急忙把刚换上的工作服脱下,换回此前的衣服,径直跑到主管办公室,上气不接下气地说着:"主管,我家里出了点事,今天需要请假! "在假条即刻得到批准后,一凡跑出了公司,去往车站,搭上返回老家的长途车。脑海中还在清晰地回现着刚才父亲的话:"你妈今天工作时不小心摔伤了头部,昏迷不醒,现在在郊区的附属医院抢救。"

一凡再次踏上归乡的路途,上次经过这里是两个人,叶欣和自己,如今却很突然地只剩下他,面对父母,该如何去说清其中的复杂,难道仅仅因为自己是农民工的儿子? 这条熟悉的长途高速路,依旧的颠簸,车厢里嘈杂的人声,原野枯黄与苍郁的野草,一切在一凡所有感官中显出从未有过的陌生,荒芜。当长途车驶过郊野的一片崎岖山路时,玻璃窗外

野地上的行走

的世界逐渐变得模糊起来,蒙上一层厚厚的雾气,越来越多的雨丝似断线的珠子,溅落在车窗,打在车厢外,啪嗒啪嗒的声响随着一凡的心隐隐作痛。郊外不知什么时候下起了蒙蒙细雨,视线里的所有也变得模糊。车厢中透着丝丝温暖,一凡的心却显寒冷。初冬泥泞崎岖的山路伴着车轮单调的碾压声,轻微的颠簸中,此前一星期的连续加班让这个平凡的男人突然感到前所未有的劳累,才知道自己在那繁华盛景的大公司,面对叶欣母亲以及所有身边一切坚强不过是对脆弱无奈的掩饰。城市那些鄙夷不屑的眼神仿佛一根根寒光闪闪的锐利针尖,直刺入他的周身,骨头,心脏,他的心在淌血,呜咽,只是公司,连同他身处的这座城市的人们在繁华盛景面前已对疼痛习惯性麻木。一凡的耳膜充斥着一片嘈杂的安静,内心一片似泥潭般荒凉,那双疲惫不堪的双眼逐渐合拢,进入荒芜却清澈的梦境。就在一凡入睡没多久,突然感到一阵天旋地转,身体当即失去了平衡。

当再次清醒过来时,发现车厢已被倒转过来,碎玻璃混合着丝丝殷红的血迹,掉出的座位,隐藏在黑暗的车厢中无任何方向感的微微低吟声。长途车经过郊外一个比较大的凹凸弯道时,司机的方向盘打滑了,庞大的车身即刻翻下了山沟。很不幸,由于一凡坐在靠窗位置,他的头与坚硬的玻璃窗正好发生相撞,顿时血肉模糊。车子在翻下山沟后,底朝天,引擎低鸣,雨点声弥漫在黑暗的车厢中,一凡尚有气息与意识,左手已经动不了了,右手仅能在身前做轻微活动。在那方充满死亡气息的黑暗空间里,他似乎也在一点点绝望着,在侧躺过去时,突然感觉胸口处有个硬物顶压着,他马上振作起来,用右手慢慢伸进内衣口袋,凭着知觉一点一点挪动,终于抓住了那个硬物——手机,把它拿到眼前一方仅有的空间,用尽全身力气在小小的键盘上按着号码,在按到第十一个数字时,却再也没有力气继续下去了,淌着几滴血的手指停在了手机小小的一方键盘与微亮的屏幕上,屏幕的背景图片是一个女孩灿烂的笑容,一滴血划过手机小小的屏幕，上面仅有的一丝光芒在充满死亡气息与人声低吟的空间中，是那么的苍白无力，就像他独自一人面对着这座人口过百万的城市里的各种鄙夷，窒息地疼痛。只是这一刻，那些已不重要。

车祸发生后，营救人员很快赶到了现场，经过近一天紧张的救援工作，所有的伤者全部被救出，一凡同所有受伤人员一起被送往医院。他是其中的重伤者之一。

"医生，这名伤者手上握着一部手机？！"一名护士突然发现了一凡手上的电话，有些惊讶，尝试把它拿下来。

"握得好紧，拿不动。"没想到手机被伤者握得如此紧。

"大家一起过来，再试试。"

"不行，伤者的手已近僵硬，根本无法分开。"

几个护士闻声赶来，却同样几乎没办法把一凡握着手机的手指掰开。一次次尝试，他的手指在车厢那方冰冷的空间中已变得僵硬。几名护士不断在一旁揉搓按摩着几近僵硬的手背，手指关节，经过近半小时的努力，好不容易才将手机从一凡手上拿开。

"伤者头部重度创伤，生命体征很不稳定。除了身份证，在他身上找不到其他可以证明身份的东西。"医生查看了他手机上的通话记录，看到一个在车祸前接听的电话，打过去时却无人接听，那是一凡父亲的来电，医生不知道那通电话是用公用电话拨打的。除了名字和一些简单的基本信息，找不到可以联系伤者家属的其他方式。

"先准备抢救，一切等他清醒后再说。"主治医生深知这位病人危在旦夕，再不抢救后果不堪设想，就在几位护士忙着为病人进行初步包扎止血时，正准备进行抢救，一位护士随手按了一下从病人手里拿下的手机，屏幕顿时亮了起来。上面显示着十一个数字。

"医生，病人手机上好像还有十一个数字，可能是手机号，不过他没按完。"

野地上的行走

护士有些遗憾地说。

医生想了想："这样,你们分别从零到九尝试下,看能不能尽快找到伤者家属,伤者存活概率可能很小,要尽快通知他的家人!"医生心中有数,一分也不敢耽搁,一切准备就绪,伤者进入抢救时间。护士拿着一凡的手机就最后一个数字逐一尝试着,依次询问是否认识伤者,试了八个号码,打过去的电话只敷衍般说着跟一凡只有一面之交,并不熟悉,还没说上几句,对方便挂断了,护士已有些灰心了。还剩一个号码:九。就在这个号码连着前面的电话号码被按下时,接电话的是个女孩:"喂,是一凡吗?"听到对方叫出伤者的名字,护士喜出望外:"你好,我是市附属医院的护士,他出车祸了,正在抢救,请问你是他什么人?"

"我叫叶欣,是他女友,也是未婚妻,什么,你说什么,他出车祸了?"接电话的叶欣耳膜轰的一声,犹如晴天霹雳。在询问过大概事件经过后,她再也忍不住了,从公司的会计部夺门而出,径直跑进母亲的办公室,大声叫唤着:"妈,我受够这样的日子了,我爱一凡,我要回到他身边!"还没等母亲反应过来这是怎么一回事时,叶欣急匆匆地跑开了。只留下公司员工无数双不解的目光和叶欣母亲无奈空洞的眼神。

分手后,叶欣怎么也无法忘记一凡的身影,她愧疚,却在每次手指就要触碰到那个熟悉的号码时,又不由自主地缩了回来,在一凡到她家做客并为她求情时,母亲的一番话让自己几近崩溃。她甚至连向一凡解释的机会都没,一个念头的转瞬让往昔一切甜蜜演变成城市午夜里的死寂,叶欣看着自己的爱人躺在病床上,一次次昏死过去,她日夜守在昔日昏迷的爱人身边,紧紧握住那熟悉的手,轻轻靠在只有微弱心跳的怀里。

当午夜时分的一切重新归于病床滚轮与地板轻微摩擦的沉寂时,只剩下一个女人昼夜无眠的低泣,悄无声息地,渗入城市依旧繁华的根。

第二辑

寂寞独思

有关寂寞

乡下小孩子怕寂寞

枕头边养一只蝈蝈

长大了在城里操劳

他买了一个夜明表

小时候他常常艳慕

墓草做蝈蝈的家园

如今他死了三小时

夜明表还不曾休止

——卞之琳《寂寞》

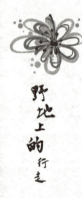

　　有关寂寞的故事似浩瀚烟波,清晨里依附在叶片上的露萦绕在精神与肉体都与它同在的人身上,以不同的方式在悄悄呈现着。有些人安静似水地抚摸着寂寞清秀的脸,捧起溪流里的一掌清水轻轻为它洗去那些生命里的寂寞繁杂阴影;有的人于热闹喧嚣中尽情找寻快乐,为忘却寂寞的纠缠;有的人安守一份寂寞品尝过遗留下的残羹,在如花似草的生命中独自品味。

乡下的孩子害怕寂寞是因为怕它夺走自己愉悦的童真,城市中的人们惧怕寂寞是因为无法面对安静夜晚里那张真切的脸。不免想到人总是擦了粉的,白天里的灿烂是与众人同乐的杯酒倒影,夜晚降临了却按捺不住寂寞如蟒蛇般的缠绕。

田说:我爱那凌空的寂寞,因寂寞而冷静,而人却不能够不用双脚去行走。生活终究是热闹的,世俗,喧嚣,甚至肮脏。但就是我所眷恋的生活,我不该拒绝它真实的面目。

人大约都是果断拒绝寂寞的深情拥抱的,这只能作为一种停留在内心不曾萌芽的种子,一旦它长成参天大树,那繁繁茂茂的根会无尽地深入脑海,寂寞便也根深蒂固地相伴终生。

诗人大概是最容易受到寂寞侵袭的群体,他们总是免不了与寂寞对话。我问什么是诗? 意象里的诗人说:将那些在寂寞的瓷罐中酝酿而成的言语打磨成断断续续的瓷片文字便是诗,诗是诗人在寂寞氛围中呈现出的一种呐喊或沉默的状态。

看到一首诗:诗是什么 / 就是一个不会写诗的人站在诗的门外 / 不停地叩叫诗的名字 / 正如 / 歌是什么 / 就是一个不会唱歌的人在向歌挺进的路上 / 痛苦而无奈地呻吟 / 诗是无所谓学的 / 正如我们谁都忘了 / 自己怎么学会吃饭说话更不用说睡觉 / 诗就是向着镜里的自己 / 倾诉无比真挚的爱意 / 质朴得像水 / 也珍贵得像水 / 写诗就是一个人面对彼岸的情人 / 一刀一刀地然而是幸福地解剖着自己的心房。

这是一个大学学子在寂寞时写下的诗。然而,那些与寂寞无关的其他人却早已在花前月下的草坪中与心仪的对象相互驱赶着寂寞。那时我才知道寂寞从来就不是一个人的事,它是一群人的狂欢。

于是,诗人又大多是寂寞的,在寂寞里疯狂着,他们有一双时刻洞察着这世界的沉思眼睛,看万物生灵,看自我内心的繁茂与荒芜的天地,看生命中的花开花落。日复一日,年复一年,在属于自己的窗口将那些美好与丑陋赤裸裸地晾晒。

写诗须有与寂寞对抗的勇气,无论主流或叛逆。

诗人又大多因寂寞而多疾多病,"诗鬼"李贺遗留下满地的寂寞,却仍豪迈言着:黑云压城城欲摧,甲光向日金鳞开。他说:报君黄金台上意,提携玉龙为君死。于是,他让鲁迅挑灯夜读这寂寞。

顾城则在一片漆黑的空荡夜里说:黑夜给了我一双黑色的眼睛,我却用它寻找光明。他终似拥有了诗者中的幸福,在漫漫无尽的黑夜里找到了幸福的光晕。

还有那披着一头卷曲长发,笑容与愤慨不断变换,灵魂在每个昼夜中凝望着山海关一直延伸到目光无法到达的远方的诗者——海子。那个决心决意要做一个幸福的人,哪怕终生与寂寞相伴,不被世人所理解却也心甘情愿,梦他所梦,想他所想,做他所做或许便足矣:从明天起,做一个幸福的人,劈柴喂马,周游世界。如今的他终于抱着寂寞的幸福永卧在山海关的花花草草中,与天地合为一体了。

或许无法攀达诗境的最高阶梯,他们却守候在沿途的寂寞岁月里,一路抛下零零散散的文字,踩在那些曲曲折折的字里行间,将寂寞的情感一路飘絮释怀。无论岁月的长短总是将心灵的真切音符铸造成淌着轻盈或沉重的情感文字。

哪怕双鬓斑白已呈暮年迹象。在我身边有那些欢快无虑度着幸福年月的同龄者,也有如饥似渴畅饮着漫长与短小,通俗与晦涩诗句的朋友。我钟爱这些始终伴着幸福,伴着寂寞诗句的朋友。他们在寂寞如诗的岁月中度着各自的喜怒哀乐。

而有时寂寞却不能如诗般弥留。想到马尔克斯的《百年孤独》,那里整个苦难的拉丁美洲被排斥在现代文明的进程之外,于是在寂寞中发出愤懑与抗议,那时一种深沉悲凉与无可奈何的宿命因寂寞而寂寞。

"一百年处于孤独的世家,最终将无法失去出现在世界的第二次机会。"此时的寂寞不需要百年的好合相伴，而需要一种无声的爆发。马尔克斯在一片辽阔的荒地中静静耕作着自己的作品，终攀上诺贝尔文学奖的高峰，他笔下的布恩蒂亚家族却是一个在寂寞中停滞不前的民族，这是历史遗留给他们的悲哀状态，需要打破孤独寂寞岁月，走向现代真实社会。于是他在寂寞创作而成的作品里呐喊让这民族打破寂寞，走向另一个新生。

却想到有时寂寞又是一种脱俗的思想，人是这世上唯一一会以思想感受寂寞，思考寂寞的动物，也正因为如此，人也是世界上最能够自寻烦恼的动物。思想寂寞使我们提升了人生的境界，但同时，也应该承认，有时候，对人生和生命过于清醒时，可能会让人感到歇斯底里的绝望。

想起那个让文坛寂寞得只剩飘絮萧萧落叶的女子。李碧华说："文坛寂寞得恐怖，只出这样一位女子。"最是能以寂寞思考且洞察人生百态的女子——张爱玲。在寂寞中，她将女子的脾性化作猫，西方凶险的女人是凶恶的野猫，东方温顺的女人是温驯的家猫，同是女人却被寂寞的张爱玲化作差异如此之大的脾性。

她也在一个寂寞安静的公寓里悄悄地离去。如同之前那双寂寞的双眼凝望世界一样宁静却明亮。不免想到，无论清醒与模糊，有关寂寞的胡思乱想都不能逾越人生与生命的底线。人需寂寞，人也可以不寂寞。

在云淡风轻的日子里，我仅仅在想着有关寂寞的故事。

回眸

冬后的房间里稀稀散散地洒了一季的怀想,涅槃,以及不可挽回的过错。日子带着轻盈而沉重的行囊在闲暇的午后时光里行走,带着繁华与落寞的思绪走在细细的心弦上。

稀缺了灿烂阳光却依然明媚的似女子情怀的午后,我在大地上书写着小日子里的爱。或许只有在思维凌乱的午后,我才能安静地坐在书桌前静静地整理它,如同往昔收到那些为数不多的生日卡片,今日才想翻看旧的那些被尘封了的情。我不知道这里面到底凝聚了多少情,却在每次细数时总会沉默许久。

半凌乱的书堆前,我在其中聆听着似乎被尘封了几世的熟悉,空灵得有些遥远,有些落寞,好像被一种歌声带回了杂草丛生,大漠无边的世界里。这里人烟寥寥,听不到骑在牛背上牧童嘹亮的笛声,看不见牛羊强健的身姿,只有那些感觉相依相随了几世的杂草,漫无边际地生长在这片辽阔的原野中。

我用亲切的目光把它们细长嫩绿的身子细细抚摸了一遍,送上了永不干枯的精神土壤,细细地,轻轻地滋润着那些亲爱的草儿,目送着它们在风里如潮汐的涌动一直延伸到天边,和云层连接在一起。

我好像去到黄沙漫天的大漠里，看着"大漠孤烟直，长河落日圆"的天地之景。风萧萧，沙萧萧，却叹空荡无处归，俯卧苍茫大地，笑看苍生草木。我深一脚浅一脚踏在细柔温热的沙子上，这沙不烫，却也让裹在鞋中的脚冒出了微微汗珠。细沙的轻柔让我的脚在每次重压之下陷入了沙子的包围之中。

那些亲爱的沙子如同轻柔的小手抚摸着每一寸毅然踏入沙漠的肌肤，一种温热，轻痒的呵护直涌上心尖，却又从心房里似温水般牵引着继续弥漫在我的神经里，久久不曾散去。

记得踏沙般那轻柔的呵护曾在孩童时期有过感受，那时的我，思绪纯洁得似一张薄薄的信纸，散发着新鲜纸张特有的气味。

那时的我，与几个同样天真无邪的孩子在园地里围坐在一片小沙地上，卷起裤管，光着脚丫，在轻柔的沙堆中建立孩童时代的家园，那时真切地感受到了沙子的呵护。

而人总是很容易受到世俗的浸染，想到抽象派画家笔下明暗不一的线条，着笔力度，描绘思想等风格所构成的画卷，一种后现代艺术，却是晦涩难懂，但凡人世也存在种种艺术，而我也被人世各类艺术浸染着，心却不曾发霉。

想到可爱的诗句："香山红叶经过寒霜的浸染才会红得很可爱，心灵经历风雨的洗礼才能撑起一片晴空。"但凡那些正在被沧桑浸染着的人们会以这话做自我安慰，回忆着往昔故事的大约也属精神寂寞者，守候着精神家园里疯长的杂草与风逝的大漠。

也是在这样一个午后，我看到了一个旧盒子，一个已满身落满尘的小盒，里面放了大约被时光度磨了七年多的物品：一些儿时的小玩具，几片残缺的瓷片，几张初中时与同学满是幽默的悄悄话的纸……完整的，残缺的，凌乱安静地待在盒子里。它们悄悄地倾听着这个家庭成长的脚步以及生活中那些琐碎之声。

每次在心里想自己的故事时，我总在庆幸，自己终究是个有着很漫长很漫长的，而且满是曲折故事的人，也会把那些旧东西从盒子里拿出来，看一些残缺的瓷片，那是在儿时，著名的具有"瓷器之乡"之称的景德镇的瓷器展销在离家不远的游览公园里展销。

儿时对一切都感到好奇新鲜的我在软磨硬泡下，让父母买了一对瓷狗，格外高兴，却还是意犹未尽，展销会结束了，我还特地到会场那片之前摆满了满满一地瓷器，如今却空荡荡的区域里，满地寻找，细细地捡了几片碎瓷片带回来，把它们当宝贝似的放到小木盒里。

只记得在脑海中，却将残缺的瓷片当作珍宝，那时的我却未懂得残缺之美也是一种无形的力量的道理，但我却相信里面有不寻常的故事，拿起那些残缺的片子，我便能躺在床上满心欢喜地回忆那些美好的事情，想象着美好的愿望。坚信它们和我同样是有故事的人。

如今却不知那份幻想的孩童情趣去往何方了。难道真如歌词中所唱的：人越长大越觉得孤单……又或许如水似梦的孩童时代早已被成年世界里的各种盲目的利诱所覆盖了。

我却依旧在现实中留住一些书，一些遗留在记忆里的书，连同那个小盒子。不因为里面装了世间的珍宝，却弥留着我儿时杂草青葱的园地与在大漠里逐渐被风化了的童真。尽管有些东西早已物是人非，我却还在回眸里凝望着。

陌生中能看到喜悦却让我无比欣慰，是的，仅此而已，我向往这份清秀宁静的心。

野地上的行走

以你为界

　　就这么感受着，以你为界，我却在独自苍凉的世界里苍凉。

　　独自倚靠在广州短途公车的最后一排靠右的座位，在混合着各种方言和轻柔或粗俗的音乐充满车厢的空间中，耳膜早已习惯绕过每个弯道，每次刹车的突然闭塞麻木，一双早已不知疲惫，却流离失所的眼，隐藏在小小的空间中，像孤城里找不到方向的拾荒者，身边那扇早已披上几层斑驳色彩的车窗，在那里紧紧封闭着，阻隔了一个更为繁华的世界。原本想在这样的一个日子用镜头记录下那些繁华的人与事，只记录了几张，便没了心思。搭上了返程的车。

　　车窗的四周边沿潜伏着几丝不为人知的尘埃，安家落户，它们甚至还来不及向那些陌生面孔诉说自己在寂寞时光中的种种遭遇，便会在某个不经意间，随着颠簸抖动被一阵从缝隙里刮进的劲风拂走。望着窗内外同样拥挤的人群，那些昼夜穿梭不停的车辆，华丽或萧条的城市与乡村的景，令人眼花缭乱的高架天桥，在视线中消失又重现着，一切仿佛你在我的梦呓里的盛名演绎。

　　慢慢回忆着，也才恍然大悟，寂寞的确是一种无奈的味道，抑或这不是一种寂寞，第一次来到这城市时，感受着人群中各种不同的陌生心跳，却禁不住内心的向往好奇,随时光流逝逐渐深入繁华的心脏,却发现了让自己为之动容的界限,就像夜晚喝过的那一瓶绿茶,在模糊的灯光中任凭泛着显眼绿光的液体缓缓滑过喉咙,冰凉和着一片片淡淡的香味掠过安静的鼻翼,面孔,在我的心里逐渐紧凑,融合到一起,一种淡然得无法在我强韧却又脆弱的心里化开的颜色,却又是那么的耐人寻味。

下午,依然骄盛的余阳不知什么时候已漫过半边车身,将它金灿灿的面容贴在另一面,还有那些陌生人的脸上,整个车厢顷刻间被镀上一层简单的金色,这样的阳光被拉下的窗帘挡住了一半色彩,一些被莫名骚动搅起的尘埃在刺眼的视域中乱舞飞扬,如同我的思想在剧烈地争斗,在封闭的空间中独自舞蹈,自导自演。斜阳照到我身边那扇窗户时,一个淡然的身影出现在我眼前的一方光晕中,确切而言,那个身影只是出现在我脑海中。

记得那是你纯真的文艺微笑,抑或那是一个偶然的发现,连同我珍贵的相机都无法捕捉。记忆之前或者之后的某一天,在繁华都市一栋大厦的六楼,我在听着自己最感兴趣的与文艺有关的东西,辗转在这座城市的繁华与荒凉近两年时间,早已习惯拥堵的人群,川流不息的车辆还有各种与自己有关无关的属于这个城市的主题。当初选择将几年大学生活放在这座城市度过时,我的心也曾一度惶恐不安,后来便也逐渐安静了下来,只剩下安静,不断在安静中思想着那些无关痛痒的日子,一点点改变。其实我是不相信什么星座,命运之谈,尽管那些有一定的验证。又带着自己特有的性格,高傲,沉思,外向与内向并存。

那天清晨,手机在安静的晨曦空气中发出了一声清脆声响,是关于你的信息,于是我第一时间爬起来,拿起在初冬里躺过了一夜的手机,它陈旧的身躯与这个到处弥漫着时尚气息的大城市显得格格不入,同往常任何时候一样,我安静欣然地看着信息,等着身前一扇窗户外面的那面刻满了斑驳白皙的墙壁,在明媚阳光中逐渐变得光亮。短短的几行文字:

你说要过来看我。那是我在几天前便知道的了，只是一直未明确答复你。看到信息内容，我有些高兴，却在自己迅速穿好衣服后，看了一眼虽然不至于用凌乱描绘的卧室，可一切都显得那么没有头绪，不到我半身高的书桌上静静地安放着两本外国文学书和一本薄得几乎可以让两指紧贴在一起的微小说画报：赫尔曼·黑塞的《荒野狼》，W.S.毛姆的《毛姆读书心得》，《黑蚁微小说画报》，还有半瓶在初冬空气中早已变得冰凉的绿茶和纯净水。

虽然昨天从小卖部拿回它时同样的冰凉，与外面的气温相比，它还是温暖的，如今连余温也没有了，只有那淡淡的香气还在。有时我会轻轻转开瓶盖，让一瓶好好的绿茶就这么摊着，任凭瓶中澄清的弥漫着清新的液体与大气直接接触，清晨时分起身便会闻到一股淡淡的清香，于是不知从何时起开始喜欢上这样的绿茶味道。

那天清晨，你的信息让我有些措手不及，很显然那天我对自己的状态不保证，所以不想选择在这样没有头绪的早晨见到你。于是，我马上拿起了手机，拨通了学校一位师弟的电话，我甚至不知道那天清晨自己是怎么想的。直到中午时分，那位师弟来电话告知他帮忙接你的前后经过时，我才意识到自己的不礼貌，当懊悔的味道逐渐演变成伤痛的歌曲时，我轻轻拿起那瓶守候过漫漫长夜的液体，狠狠地喝掉，开始静静地发呆，中午时分，手机屏幕闪烁了一下，是你的又一条信息过来了，你说自己已坐车回去，让我早点吃饭。想起你之前曾说过自己会晕车，奔波穿行在一座大城市中，行程的那段颠簸的漫长时间能让任何人感到煎熬无奈。我知道时间可以忘掉寂寞却不知道什么可以驱赶内心的愧疚。事后，我回了无数条表示歉意的信息，一边以颤抖的手指输入着文字，心宛若在黑夜里被吹得凌乱的叶片。脑海中浮现起你零散的话：

"你喜欢谁的歌？"

"很多，只要有感觉便行。"

"我喜欢林宥嘉的,他的唱风让我感到一种淡淡的清香情绪。"

"是在什么时候?"

"你上次告诉我的,忘了吗?"

你给我介绍了他的几首单曲:《心酸》、《想自由》。于是我开始品味起这个几乎同我一样年轻的歌手,"闭上眼看最后那颗夕阳,美得像一个遗憾。辉煌哀伤,青春兵荒马乱,我们潦草地离散。明明爱却不懂怎么办让爱强韧不断,为何生命不准等人成长就可以修正过往。"

淡淡的苍凉嗓音,你问我如何评价他的唱风,或者用文字该怎样去描述,我说还比较喜欢这样的风格,有些类似周董的《菊花台》、《蒲公英的约定》,或许还有更多我一时记不起的相似曲风。就像你淡淡的情感,或许这是一种沉默与喧闹的共存体。

面对自己的失信,我不悲伤,没有痛苦,但眼角却有清晰的泪水。静静地点开你的 QQ 空间,感受你那比张小娴更温柔,比田维更淡然的文字,断断续续,没头没尾。那天夜里没有一丝灯光,我的瞳孔找不到任何可以作为参照物的光亮,心不停地上升,陷落,似乎有些憔悴,黑夜中,外面的世界依旧在忙碌着它的忙碌。我却多么希望这黑夜能尽快过去。

隔天清晨,起得很早,坐在公交上心情有些沉重,是否会得到你的原谅。在那个闲暇的午后街面的一个拐角处,在你目光茫然中找寻,并不时拿着手机欲拨打时,我看到了你,终也见到了你。淡淡的眼神,你很健谈,虽然我没有那样谈天论地的言语,但听着你说着各种话题的同时也在不时表达着自己的看法。原来,快乐的时候,大地都是快乐的,忧伤的时候,天空都是哭泣的。我想到这样的文字也许可以表达那时的心情。远在广州,连人的行囊都匆匆忙忙,那天只带了厚厚的一本《花田半亩》,这本书原本便打算送给你。在这之前无论何时它都不曾远离我身边,伴了我一年多并给予了多少信心动力的一本书,抑或是在看过你的文字后,做出的这个举动,原谅我很贸然送这样一本书给你,也希望你不要问原因，以你的文艺细胞会慢慢从那本五百余页仍散发着崭新气息的书本中找到想要的答案。

你说我文静，其实我是一个很叛逆的孩子，在二十出头的青春中，在学校，家中便做过很多不符合常规的事情。我敢对一个自己看不惯的老师说出自己对她的讨厌。从一座城市奔波到另一座城市只为买一样喜欢的东西，为了所谓的骨气不顾家人的反对从大学中途退学返回复读，我是感性同时又是理性的。不喜欢那种随波逐流的生活，却往往被淹没其中，羡慕背着吉他，戴着墨镜，一头潇洒长发，行走在一座城市边沿的艺术者。但很多时候只能在自己的轨迹中淡然地继续游走着。

你说和自己同宿舍的一个女生，只有十九岁，会为了一段随时可能会消逝的爱情奔赴一座陌生的城市，只为能时刻待在自己喜欢的男孩身边，甚至可以在一个人生地不熟的地方寻找工作，落地生根。这样的疯狂你说自己目前可能还无法做到，无法想象女孩有多么爱着那个男孩，就像你所说，那是一种赌博式的爱情。你问我有关文艺的那些事，从张爱玲到周国平，从韩寒到郭敬明，从桀骜不羁到淡然忧伤，从我到我笔下的文字。也许真是那样，文艺的事很难说清，就像你的心。

其实我知道能见到你对自己而言便是莫大的幸福了。和你走在广州繁华的高架天桥上，这座城市所有的盛景在我明亮的瞳孔中一点点缩写着，这个世界仿佛只剩下你的淡淡的背影。我们走过一条街道，那是一条从白天一直到黑夜时分，黄，白，黑种人会一直来回往返的一条繁华盛景的商业街，高架天桥的边沿，广州那些林立的高楼与陈旧的房屋在我的视线中不断出现又消失着。繁华与落寞间，记得自己曾在大一时说过不喜欢这样的盛景，毕业后想回到家乡的就近之地寻找自己的天空，慢慢地这样的观念却在一点点改变着，直到我想说留下，因为这里有你，还有那群朋友。心有一种欣慰的淡然，你说无论任何时间都不会独自一人在这里行走，那样很不安全。我说这里是怎样的治安景况，不是我们能改变的,心里却在说任何时候只要你一句话,无论多远我都会第一时间出现在你身边,保护你,为你驱赶寂寞,或者就那样静静地陪伴着,无须任何语言。

也许你向往那种淡然的感觉,我也同样淡然着,直到后来听到那句话,我的心还是很平静,那天看着阴沉的下着淅沥小雨的天,整个人像抽空了一样的难受,压抑。嗓子里面像被什么堵住一样,从早上躺在床上一直到下午,然后自己下床去摸索寻找着很早以前的感冒药,遍寻不见,然后一个人在明亮却阴沉的房间里独自喝着半凉的和着褐色的液体。这个世界成了一个荒野的界限。我望着窗外的雨不断落到斑驳的楼面上,却无法洗净那层沉积了不知多少年的灰烬。压抑的思绪在一刻莫名其妙似乎有了一种难得的释然和放松。

随手拿起微小说看:我希望自己是只蚂蚁,每天不知疲倦,我希望自己是片雪花,永远自由自在。封面印着曦儿的话,当回忆幻化成雨水,从天而降时,我很想关机,看着自己想看的书,疲惫的心在那一刻才会找到比较切实的位置,也许这也是一种淡然,想起关于你的故事,我愿意聆听与感受。屋子还是那间屋子,阳光还是那样的颜色,只可惜它很少时候能再次照进屋子里了。房间里面突然被无谓镀上了一层淡淡的忧伤,在特定的那个时间那个地点那个环境,我突然想到应该以你为界,去珍惜回忆一点什么。

在这样一个世界里,我愿意以你为界,绘一座素描的城堡,在繁华与荒凉并存的城中感受着你不曾体会到的感受。默念着你不曾知道的言语,于此静静地守候,尽管身上那只背包很沉重,却已习惯你的热情,你的淡然。所有关于你的一切。

野地上的行走

累了，看被雪冰冻了的景

突然，我感到有些累了，额头上微微渗透出些许汗珠，眼角点缀着一点血丝，脑海里满是一片依稀的蒙眬，跟着一月的季节跳着最美的回旋舞，看见踮着脚尖的少女在欢快歌唱，雪白的衣裳，如天鹅翩翩起舞的身子，白皙的微笑，纤细的步伐，在木阁搭建的舞台那五彩缤纷的灯光下演绎着最美丽的神话。

昨日的茫茫北国夜里，我到底去了哪里？在沉沦中被寒冷绘画了一身的夜里，我看着雾里在开花，看着皎洁的半边明月，看着繁华落寞的都市里呼啸而过的车子，看我那昏昏欲睡的蒙眬意念。

我想我真的是累了，读到普希金的一首诗：

我向你问候，荒凉而又僻静之乡，

你是幽静的创作之所和激发灵感的源泉——

在这里，在幸福与忘忧的怀抱中，

我的年华的清流悄然流逝，永不再复返。

我是你的呀，我舍弃了追欢逐乐的逍遥宫，

舍弃了游乐、困惑和奢华的酒宴。

067

在田维野的静谧,树林的友善的喧闹声中,

来享受悠然自得的生活,并与沉思遐想结友为伴。

　　太多繁华,太多追求,太多欲望,从来不知道人心什么时候才能安静下来温柔地与自己对话,或许只有回归上天与沉睡了的时候才能。昨夜,我独自走进梦境的雪地里,在冰天雪地的乡村里找寻夜精灵,已不记得它长什么样了,只记得每次在自己累了时,总会抚摸到它毛茸茸的,温暖的小身子,还有那双一直好奇地望着我的小眼睛。它时而躲到雪地深处,时而藏到冰柱后边,却终也被我找到了,晶莹剔透的冰像一个放大镜,将夜精灵的小身子放得老大老大,清晰到能看到它微微起伏的小胸膛,那颗暖乎乎的心也就藏在羽毛下。

　　这是梦的北国之村降下的第一场雪。我知道,在昨夜未眠前那里的天空已经阴沉了,那些住在乡村里的人们还在辛劳耕作着,只见一个妇人坐在小木屋前的一个板凳上劈柴,田地里的庄稼人跟在犁牛后边,不断挥舞着手中的鞭子,牛儿走在前方,沿着坚实的淤泥步步前行,庄稼人跟在后面,深一脚浅一脚地踏在黑乎乎的淤泥里,留下了一行行大小不一的脚印。

　　雪花的突然降下让乡村里的人有些吃惊,他们知道乡村里虽然已经跨入小寒季节,却还是寒风中带着丝丝凉意的初冬,晚冬似乎来得有些快了,乡村的人们不得不停下手上的活,木屋前的妇人抱着被劈得零零散散的枯柴放进屋内的暖炉边,庄稼人快步走到农田边沿收拾起行囊,把斗笠往头上一扣,转身牵着牛儿离开了,连那双沾满泥泞的脚丫也来不及清洗。

　　雪花很快地簌簌落满小乡村的心,那一间间小木屋里有老人与孩子,有相爱的夫妻,正在幸福地借着暖炉里火光暖暖的温度。妇人怀里的婴孩已在妈妈暖暖的怀抱里熟睡了,被火光映得通红的小脸蛋正泛着

野地上的行走

幸福的光晕。庄稼人身边的猎狗也啃着骨头,在主人为它铺好的稻草堆里安静地睡着了。

雪越下越大,逐渐地覆盖了被农人遗忘在农地里的犁具,覆盖了一片泛着成熟金黄的稻草,覆盖了被妇人放在土地上的小柴刀。雪,为乡村盖上了厚厚一层冬眠被。然而,我知道这里的人们都累了,耕作了三季的背影在夕阳笑脸里逐渐变得朦胧,变得阴沉。这场及时雪或许是乡村人期盼已久的,只是它的到来让所有人都措手不及,还没等乡村人为雪的到来做任何迎接准备时,它却在某个时候悄悄带着前三季的絮语飘然而至。融作水的雪,结成雪的水静静游遍了乡村的每一个角落,也灌满了每个乡村人的心。

乡村人却问:雪,你为何来得那么突然?

下雪了,虽然年迈者都守候在暖炉边借火取暖,却也有一批对雪无比向往的孩童在雪地玩耍嬉戏。于是,我看到一些在由浅变厚的雪地里互相追赶,互相嬉戏的孩子们。他们不是我这一年代的孩子,而是远隔了几世梦境的孩童,这些孩子只在普希金的诗中才会出现。他们在被雪冬眠了的乡村里,穿着小棉袄在欢快地唱着儿歌,有一个孩子还在雪地里堆起了一个肥大肥大的雪人。

小雪人微笑着和孩子们在雪地里欢笑,唱起了范晓萱的《雪人》:雪一片一片一片,拼出你我的缘分……灵动的嗓音久久地回荡在乡村落满雪的木屋顶,久久地守候着这片刚刚进入冬眠状态的乡村,也守候着孩童们永远纯真的童真年代。这笑声就在乡村的山脚下。

山脚下的世界便是我梦境里的乡村。

田维在《山想》里说:如果可以,我愿意住在山脚。在这里没有都市那繁华与落寞,在这里,我可以怀抱吉他,独自坐在树林看着季节在轮回中那些幸福与不幸的转动。却看到远处有个风车终年淌着水,缓缓地转动着,甘甜的水沿着风车的木身流进了几代乡村人的心里。

我看见它在雪静静被冰冻了的影子,只是它不再淌水而转,如一个沉默的生命静静伫立在湖边的寒风中。那湖水冻结了它整个身躯,形成一个圆圆的轮廓,一条晶莹剔透的水柱静静地卧在淌水的木槽里,躺在风车老去的年轮里。

湖面冻结得如一面无尘的银镜,《后宫词》里的女人在叹着:红颜未老恩先断,斜倚熏笼坐到明。这银镜会拢着湖面直到明年的春吗? 我凝望其中却看到它映出乡村前三季的忙碌与收获的充实岁月,在逐渐增厚的冰面上慢慢沉淀。冰面下的湖已进入昏昏沉睡中了,这结冰的湖面,这漫天雪花让我想起普希金笔下的女水妖:

> 他看着看着,不由得感到惊恐;
> 心中感到一阵茫然心焦……
> 他看到湖水突然波涛汹涌,
> 一会儿又复旧如初——波涛全消,
> 突然……宛如幽灵般的轻盈,
> 又如洁白的初雪在山冈上随风飘摇,
> 一个美女全身赤裸地坐在岸边逍遥。
> 静悄悄地坐在岸边逍遥。

只是我不知道女水妖是不是被冰冻在三尺冰面的湖底了,想那"冰冻三尺,非一日之寒"。雪缓缓飘落,结成冰是如此之快。女水妖被困在湖面下会不会愁情满面? 她无法让我看到昔日那个如美人鱼的自己静悄悄地坐在湖边的磐石上,半身鳞片闪闪发亮。

只是这冰天雪地里又有哪位乡村人能看到她心中的爱呢? 我却一直坚信女水妖就安静地躺在水草里等着她的爱人,她说来年的春天要化作人,和自己所爱的人幸福地住进乡村木屋里。我却也想起了田维说:

野地上的行走

假若，我有一位爱人。他会陪伴着我，住在小小的屋。这话是我在累了时，用敏感的耳膜贴在微冒着寒气的湖面听到的。

她知道大自然轮换的代价，也看到幼虫在化蝶时所要承受的苦难，是一种锥心的切肤之痛，推开蛹的束缚到张开美丽的翅膀时所要承受的疼痛。从蛹破茧而出的瞬间，是撕掉一层皮的痛苦，彻心彻肺，很多蝴蝶都是在破茧而出的那一刻被痛得死掉了，但女水妖还是羡慕蝴蝶轻盈美丽的身子，并且发誓要向蝴蝶学习。

她要在下一季春到来时变成人与心爱之人进到木屋里生活，于是在被冰冻结了的湖面下的一方水里，女水妖游到一块坚硬的磐石边，用下半鱼身使劲磨着石的边沿，她必须要把表层的鳞片磨掉才能化身为人腿。顿时，阵阵撕心裂肺的疼痛不断侵袭着女水妖的神经……

而在湖上面的我没有感受到女水妖在湖底磨鳞的痛苦，我这是静静地坐在湖边看那在雪里沉睡了的景。我已经很累了，等候了三季，在漫天雪花洋洋洒洒落下时，依旧在等候，想着春的灿烂，夏的激情，秋的萧瑟，今日更在冬里伴随着雪花，等候着一位期盼来年春天化作人形的女水妖。

雪越下越厚，好似这雪在云雾中已经憋了好久，不然它怎么会如此的晶莹剔透，没日没夜地释放着连我那厚重棉袄都无法抵御的寒冷。

最终，带着一身疲惫与寒冷的我还是独自回到了小木屋，躺在暖炉边再次沉沉地睡着了。蒙眬中，好像听到索德格朗的诗：

山中的夏天淳朴

牧场上的花

古老的庭院微笑

山溪幽暗的喃喃声，讲起找到的幸福

"叩叩叩——"

是谁在轻敲着木屋的门？梦境中梦境外我都清晰地听到了，只是这是一场梦吗？依稀中我在等待一位女水妖的化人过程，因过于劳累终没有等到湖面的冰雪化开，没有牵上她的手，独自一人回到木屋里睡着了。

"叩叩叩——"

敲门声再次响起，蒙眬惺忪睡眼里漏进太阳的光晕，我才终于知道这不是做梦。我匆忙起身，打开了房门，只见一位纯真如山涧溪流般的女子站在那里，水晶的鞋，白纱裙，甜美的微笑。

不知道这是不是自己之前在湖面边等候的女水妖，蜕变后竟会变得如此美丽。终也让我相信了生命是有轮回的。女孩身后的空间是一片灿烂的洋溢的春，莫非春已到了，我昏睡过这沉沉的被雪覆盖了的冬。

在我沉睡得全无知觉的时光里，却真也安安静静，醒来后看到那暖炉里堆满了厚厚的木材灰烬。一片安静过后便游到了春，我终也与那女孩幸福地生活在乡村木屋里。

累了，看被雪冰冻了的景。我知道沉睡中的自己一直在雪中奔跑。

幸福白粥

夜，在寒冷的空间里继续踏起黑色的舞步。每个夜晚来临，每个清晨到来，夜总在这开幕又落幕的舞台里把自己最好的一面献给懂得欣赏它的人。随着风儿,街灯,丛草及亮着温暖光亮的车辆的伴舞,回旋着,回旋着……只是这里没有观众的掌声,没有簇拥的鲜花,更没有红地毯的铺就。

它独自在舞台上跳着回旋舞,伴着静谧的尘土,却也如此之美。

我静静地站在街边一个高高的旧楼台上,看着锅底冒着幸福热气,跳着欢腾舞步的白粥,还有一把勺子一遍一遍地,随着欢腾舞步的白粥,上下左右地在锅底做着回旋运动。

锅,白粥,勺子在夜的舞台下相互伴奏着,我看见幸福的它们,心里不免温暖了许多。在夜的旧楼台上还有一些站在寒风中焦急等待着的人们。导演这出白粥幸福欢腾舞步的是一位老大妈,蓬松的黑发里夹着几根银丝在风中轻轻飘着,爬满悉数岁月痕迹的脸,透着凝视的沧桑却明亮的眼神。

白粥在她娴熟的手法下化作一碗碗美味的夜的佳肴。已不记得老大妈是何时站在这街边的高楼台上,伴随着白粥幸福的舞步,在静谧的夜里为人们送去了多少温暖。只记得在我懂得在夜里流浪时便看到她了,细细地挥舞着手中的勺子,白粥们幸福地躺在逐渐热起来的锅中欢腾地,轻盈地,冒着亲爱的小泡泡。

炉里的火苗蹿得笔直得高,微微发着低吟,调皮的火苗似一个大手掌把锅底正幸福欢腾的白粥托起,火苗的小指逐渐地高过锅边,蓝红黄交融的火苗正努力地窥视着那躺在锅里的白粥。

白粥这般欢腾,连火苗也前来伴奏,凑热闹。一会儿,老大妈为白粥们调上最佳的配料后,一碗碗还在冒着热气的白粥被端到那些在夜里寒冷饥饿了的人们跟前。

白粥纯白的身子逐渐地融入那些幸福或不幸的人心里。一种温暖的,轻盈的,饱满的感觉久久地荡漾在人们心底,我终也懂得田维说的幸福是如何容易又如何艰难的。

或许，人们为了能感受白粥的幸福，不远千里来到这街边高楼台边，用价值纸张换取那小小的温馨幸福，静静地站在楼台前等待着在老大妈勺子里翻腾成熟的白粥。我想白粥是幸福的，想它在毅然成型前经受过多少煎熬才化为粥，细细的，柔软甘香的身子不知让火苗伴随练就了多少个时光。

来到这大锅中，再去到小锅里仍翻腾着幸福的小泡。想到"煮豆燃豆萁，豆在釜中泣"。可爱的白粥显然比小豆勇敢多了。白粥是幸福的，它能融入这漫漫黑夜里不同人们的心，去聆听不同的心灵史。田维说：那个夏天，谁也不知道，曾经有一艘名为"幸福号"的船曾经在这里光荣地起航。是的，那个冬天，谁也不曾知道，曾经有一群可爱的幸福白粥在老大妈的勺子下融进了千万人的心，聆听到多少个幸福与不幸的故事。

只见感受过小幸福的人们起身，转身走向老大妈身边，掏出小小的方形纸币递给她，接过纸张的大妈只稍稍看了几秒钟便微笑地把纸张放进别在腰前的小包里，然后用勺子继续捣着锅里的白粥。

我站在这老旧的楼台上已等候许久，却始终没有离开。我知道要让幸福的白粥们聆听到自己那些生命中繁华与落寞的故事是需要耐心等候一番的。当世间所有的繁华喧闹都化作过眼云烟时，唯有心底那些悲伤或欣慰的故事是永恒的星烁。什么是永恒？过去了的仍能让我在墨香书本的字里行间，在熟悉的旋律里记起的人或事物。

于是我决定将这些永恒的故事告诉幸福的白粥们，我一直坚信白粥听了不会悲伤，不会哭泣，它们会帮我把这永恒记忆延续下去，连同城市里幸福及不幸的人们的故事。我心中的城市里什么都不缺，唯独缺一个能静静守候在一个季节里倾听完那些有故事之人的诉说。

看着老大妈和她的白粥那幸福的身影，我突然有点羡慕。老大妈让白粥融入那些与自己素不相识的人心底，拿着用白粥换来的纸张，她会把同样幸福的纸张带回给自己亲爱的孩子们,供他们生活,读书,继续沿着幸福的痕迹前行。

只是我始终没见到老大妈的孩子们,在这样寒冷的夜里,或许此时孩子们正躲在温暖小屋里看《安徒生童话》,或许正围坐在二十五瓦小灯泡洒下的温馨光晕下认真学习着,或许正等着她的妈妈带着幸福的纸张那晚归的身影。

正冒着幸福雾气的白粥,从锅中淌进一个个大碗中继续温暖着素不相识的人们。白粥任凭命运的安排便也坦然接受。

白粥同样将自己融入了不同人的心中,化作了不同形态,去聆听不同生命际遇的故事,用自己换来幸福的价值纸张,为老大妈和她的孩子们带来了幸福。我终也知道白粥是幸福的,而这份幸福却是可以传递的。

在这样的黑夜里,街边的老旧楼台上竟会藏着如此之多的幸福因素,但我却始终无法看清老大妈的眼睛,炉内的火苗时大时小,映在老大妈脸上的火光便也闪烁不定,因此也让我无法看清眸里的世界。人说,眼睛是心灵的窗户。我看到幸福白粥,看到夜里的人们与白粥幸福的对话,看到不同人对幸福的同样渴求,却看不到不断酝酿着幸福的人眼里的幸福。

头发柔软的人心软。那藏在黑夜阵风中轻拂着的蓬发的心不知是软还是硬?我想但凡喝着幸福白粥的人心都是柔软的。

那一头蓬松的发,黑丝里泛着银丝必定也藏着不少痛苦,在黑夜里却也悄无声息,那裹在棉衣内枯瘦的手紧握着勺子与白粥,畅想幸福,制造幸福。漫过半边锅身,淌在锅里传回的余热中欢腾地冒着雾气的白粥,便是我全部的幸福。

当老大妈把一碗微微淌着热气的幸福白粥端到我面前时,我终也把自己生命里那繁华与落寞的故事告诉了它。

第二辑 寂寞波思

相片里的光影流年

　　相片大约是这世上能触摸到珍贵的留念记忆,并且是如此亲切的一种事物。安静地守候着岁月的身影,不曾言语,不曾抱怨,只留一份慢慢在岁月中沉淀的心。

　　沉默者说相片是孤寂的,在岁月流淌的长河中只漂起一方流淌在手掌心,又不断悄悄溜走的记忆之水,却能让我珍藏永世。

　　喧闹者说相片是欢快的,在岁月匆忙的脚步中,它却记录下最美的永恒姿态。

　　我问相片是否感到一份"寂寞梧桐深院锁清秋"的孤独?它说不曾孤独过,只因为脑海里永远珍藏着最美好的瞬间。

　　问它是否一直持续欢快的状态,它说满堂的喝彩与欢快不过是被封锁在城堡里的故事,讲述过后,心趋向如镜面般平静的湖水,却将人世悲喜哀愁的情感一并咽下肠肚,是离愁,还是聚散,唯有自己的底片深知。

　　它承受着人世各种情感,各种被瞬间定格在永恒里的情感。而人却会随着岁月的流逝逐渐地淡忘了身边那些烦琐的感情,于是寄托到相片里,或许它是最好的情感倾诉者。想起李清照的:"生怕离怀别苦,多少事、欲说还休。"人们眷恋相片,眷恋它能在小小的一方空间里容纳下世间的绵绵情感。人们怀念相片,怀念它所铭记下的时光里的微笑与哭泣。

野地上的行走

一个阳光洒满燥热温暖空气的上午，我在笔记本中发现一张相片，一张四代同堂的全家福相片。突然发现它，我不知该欣喜还是该感伤。

或许在我未曾发现它之前，那相片只是安静地遗落在岁月的汨汨长河中，慢慢流淌着。任凭方形的身子潮湿又干燥。没有怨言，没有抱怨，更没有按捺不住的朝夕里漫长的苍白的呐喊情绪。

一次偶然的情况下，在家中收拾整理书物时，发现了它，不知道我的突然发现是否会惊扰了它一方宁静的潭水。静静守护着长河边缘的碎石滩，不曾惧怕波涛汹涌，不曾沉底无讯，只随岁月的溪流安静流淌。

直到我发现了它。想到田维说：生，不过是我们漫长的沉睡中一次偶然的醒来。在我来这世上前，我睡在无知无觉的黑暗。醒来，是片刻的停留，恒久的，是未知的无限黑暗，那里才是我们真正的存在。

相片在岁月长河里偶然被唤醒，让我知道遗留在它身上被岁月消磨得不着痕迹的记忆。

凝视着相片，一张有些微微泛黄的相片，只见上面有三位面容慈祥的老人，那是祖母与爷爷奶奶。相片里的他们仿佛在微笑地与我双目相对，凝望着这个日渐成长的长孙。虽然我知道那微笑已永恒地弥留在十余载的时光之前，脑海中的光阴翅膀终究不能再次飞越时空，回到那一年新春，回到那所曾经有过四代同堂的房子，再次端详每个人眼里水灵与苍茫的微笑。

相片中的自己与今天的自己，唯一不变的便是同样孤独却不曾孤寂的眼神，虽然不曾承认自己是个孤独的孩子，却不能摆脱孤独的落叶一次次降临到发丝中。发现孩童时的自己竟是如此的可爱，一副稚气未脱的模样，身着一件淡绿的运动服，轻盈地坐在幸福的亲人中间。只是人总会在漫长的时光里不断成长变化着，一些人迷失了，一些人成熟了，一些人仍紧握着初衷。

人都是在泪水中泡大的，一些人独自咽下，一些人流了下来。不知道十余载前后的自己将眼泪藏到何处了。终究是男子,即便有泪亦不轻弹,只是看着相片里熟悉的身影,我把一部分泪独自咽下,一种苦涩的甜蜜弥漫在喉咙间,久久地不曾散去。这大抵是世间最耐人寻味的滋味。

相片中还有五个始终在幸福微笑着的孩子,我是其中一个,而如今孩子们都已逐渐脱离了稚气,不知道以成人去定义是否合适,当有一天我们不再是孩子时,是否距离成熟又近了一步?

总觉得成熟的定义过于模糊,太多的成熟痕迹逐渐遗留在我们身上,却忘记了孩童时期的初衷。顾城说:黑夜给了我一双黑色的眼睛,我却用它寻找光明。现实的成人世界里充斥着太多虚伪的成熟,其中的真诚却寥寥无几,试问我如何以黑色的眼睛去寻找灿烂的光明?

突然很羡慕海子,可以做一个幸福的人,可以劈柴喂马,周游世界,做个全职的幸福人。我所定义的幸福其实很简单,简单到如畅饮一大杯微冒缭绕雾气的温开水便是一种幸福。

而人在岁月长河中却不能这样一直幸福着。夜里一场漫长的沉沉的昏睡后,苏醒时却发现属于相片里的年代已经远去了,虽然我多想回到那个小时代的小幸福里。

日日月月,岁岁年年,终也是一点一点流淌而过,我捧一掌溪水不断清洗着被尘土弄脏的脸,尘土掉落在长河中不曾将溪水变浑浊,它始终在流淌,日日夜夜,从不停歇,到底是人在追赶岁月,还是岁月在追赶人?

总是听到一些年长者抱怨岁月流逝太过匆忙,却来不及仔细端详与书写人生的意义,眉头已冒出皱纹。无法再重新整理如乱麻的思想。

这时,相片便是最好的能遗留下记忆痕迹的事物。

人们举办各类摄影比赛大约也是为了留住美好永恒的瞬间。想起田维说:生活终究是热闹的,世俗,喧嚣,甚至肮脏,但这就是我所眷恋的生活,不该拒绝它真实的面目。万物虽有美好光景,人不能长久伫立,于日月中观赏,以仔细的心灵,瞬间的灵感,用镜头将它捕捉。留下一张张

野地上的行走

属于情感的相片。

人们是在恐惧吗，害怕失去的无法永恒地保留在脑海，总感觉在我周围那些林立的建筑给人虚幻感，昨日将一方现代工业建筑弥留在相片中，今日不知什么时候又突然从地底冒出新建筑，速度快得让人在触摸到雪白粉末涂抹的墙壁时，会怀疑自己感受的真实。

那些美好与不美好的都尽数融入相片，在它以外的会随岁月流逝的变化而变化，在它里面的却是永恒的一方。久之便成怀念，成经典。能经受住时光考验，若干年后还会被人们记起的便是经典。

相片里那些美好与不美好的成了经典，零零散散地遗落在岁月的光影流年中，让我用一生去寻找收集，凝望，铭记。

爱过之后

流星划过天际，没有在或璀璨或荒凉夜空里遗留下任何痕迹，一道美丽的弧线似是淌过叶子的雨露，一骨碌地便钻进大地久远的沧桑历史身躯里了，那一刻不是灰飞烟灭，不是烟消云散，那云不是云，烟不是烟，灯火阑珊处却思绪飞扬，拥簇在冬意绵绵的雪花里。

阴空绵绵，日子永逝，说过了爱让我们彼此成长，而成长的过程里却付出了莫大的代价。回来，是回来了，只是守护了一季的心什么时候才能萌芽？书还是那些书，整齐或凌乱地摆放在半年轻的书架里，我极力不想让亲爱的它们保持洁净的灵魂及身子，岁月流淌的长河却还是让这群可爱的孩子们布满了岁月痕迹，我却还依旧爱它们。相思依稀中想到：一重山，两重山，山远天高烟水寒，相思枫叶丹。菊花开，菊花残，塞雁高飞人未还，一帘风月闲。

我与这些爱过的书以及人都在这房子里，整一个什么都没有的却属于我的房间，里面只有这些我爱过的和爱我的书，在老旧书架里记录下一季又一季的笑泪悲欢，干燥寒冷的冬里，我想去济南看荷塘月色，看夕阳西下里季草摇曳着的歌舞升平的身影，想去看龙胆花惹人的紫，我知道往事只堪哀，对景难排。秋风庭院藓侵阶。一任珠帘闲不卷，终日谁来？小声细问，终日之后，谁会来敲响我心扉的门？多少次屏息倾听那扇小绿铁门外淌过的无数次脚步声，心在高低起伏。却终还是在饶雪漫的《天天天蓝》里寻找风筝年代里的童真年代，牵线的风筝，奔跑的脚丫踏在绿油油的草地上，一个适合我生存的年代，一个能长久不被沧桑了的年代。

虽无风吹草低见牛羊之感，却也有草景醉人之势。脏了的帘，帘上的纹花随着从窗台缝隙里钻进的风儿在演绎着断断续续的终日舞曲，伤之神，迷往昔，更来层层叠叠之依依不舍。门外车声，人儿窃窃私语声，偶尔的机动车发出之声都能让我魂迷在几年前的梦境里。

来不及呵护，亲爱的书们唯有无语枕边倚，梦回芳草思依依，如大雁的孩子等待着它的主人。终于等到了，虽然它们多少恨，昨夜梦魂中。主人回来了就好。我看着这些孩子，依旧静静躺在属于它们的地方，身上沾满岁月痕迹，倾听了几世风雨泥泞的诉说，你们一定看到过我所没有见到的撕心裂肺，要不然你们的视网膜里怎么泪流满面？我伤心，想抓起一罐能令人分不清现实与混沌的液体，一饮而下，我想常记溪亭日暮，沉醉不知归路。兴尽晚回舟，误入藕花深处。争渡，争渡，惊起一滩鸥鹭,惊起稠黏了半季的冷冰冰的梦境。在一片风露里再沉沉睡去。

　　无奈,无奈我却没有麻醉自己的习惯,尽管拼了全力,却也不管黄昏。我知道在这寒冬里终于是看不成荷塘月色了,更连秋雨之晨雨初听也无从倾听。却还是捧起厚实的酝酿了生命真谛的花田半亩,在一片洒出如同夕阳光芒的暖炉边,眸融入高挂半空的寂寞中,翩翩起舞。威廉·赫尔·怀特在《大旱的消失》里感叹:为什么各种青草和生物不死灭;没有理由,除却一个信仰,这是瞎的。因为我们无所知,滋生生命的海的气流会变得放弃陆地,而它会变成沙漠的。海的气流爱过陆地了,走了后,它便成沙漠吗?

　　想那吹箫人去玉楼空,肠断与谁同倚? 一枝折得,人间天上,没个人堪寄。爱过之后便是如此吗? 既然绵绵无期地念,忘却了,说不尽,无佳思,便再无思念。可我不想,宁愿忍受破茧而出的疼痛,化蝶本就是一个疼痛着的过程,不是吗,田维说:我是个始终疼痛着的孩子,我在疼痛中失眠,又在疼痛中醒来。蝶展翅绕飞在姹紫嫣红的花丛里的身姿是那么的美好,那么的吸引大自然的眼球,只是化蝶的背后本就是一个涅槃。终日叮咚下淌的溪泉冲刷着磐石,几十年,几百年过去了,我轻轻地把手贴上去,溪水划过指尖,淌过手背继续汇聚成柔软的河往下游淌去,摸到了,我摸到了光滑得如同鹅卵石的磐石。带着一份地久天长的爱。

　　这份地久天长的爱有安放的地方吗? 我想到了那个曾经童真得如同一张白纸的女孩,《我们无处安放的青春》中的女主角周蒙,一个单亲家庭的女大学生,大学年代里的她曾无限童真,在自己的席梦思上酝酿少女的粉色裙子梦,闲暇时依偎在父亲怀里,陪伴父女的只有一架钢琴,周蒙和父亲却在一曲曲自弹自唱的乐曲里找到了生命共鸣的力量。直到那个女孩遇到了李然,一段并不美满的爱情过后,这个女孩的家不仅发生了巨大变故,和自己最要好的李然竟然在去西藏出差回来后,成了另一个女子的丈夫。

第二辑　寂寞独思

周蒙走了，在见证了一系列的世故后，她选择回到一个偏僻山村当老师，与一群天真朝气却调皮捣蛋的孩子们生活在一起。在她教孩子们蹲在地上画画时，仿佛又回到了大学里那个纯真年代的自己。爱过之后，她懂得了更多。

伴着这些亲爱的书，我却怕终日凝眸。凝眸处，从今又添，一段新愁。当旧愁成为往事时，最怕新愁又涌上心头。问道：寻寻觅觅，冷冷清清，凄凄惨惨戚戚。乍暖还寒时候，最难将息。我的愁在哪里呢？这不再别康桥上，寂寥雨巷里，孤帆黄鹤楼顶，紫荆花蕊底，龙胆回旋舞中，以及守护过往的或温暖或寒冷的记忆里都能找到我的愁，不过这愁如同隐藏在毛巾里的水，却无人在两边施力，于是我的愁始终依附其中，无法淌出。守着窗儿，独自怎生得黑？梧桐更兼细雨，到黄昏、点点滴滴。这次第，怎一个愁字了得！爱过之后，愁该放进何处？

一段往昔，一片轻洒的温暖橘光，一书架或整齐或凌乱的亲爱的书以及一份爱过之后的心串联在一起，继续地挂在摇曳的风中。

野地上的行走

旋转木马

又是一个安静得只听到窗外的狂风孤寂地摇曳着清冷舞曲的夜晚。摇摆不定的身姿融作万物中的一切，展现着惊艳的寒意。水中，空中，不定的空间里可以洞见一个季节的爱与恨。旋转木马里的记忆让这个夜不那么寒冷。

想到温暖的人对寒意望而却步，只有那些在夜中奔跑的身影才能与之共舞。原本欲滴到大地的雨却被狂乱的风拂得不知去向，终也一去不复返。咽下似雨似泪似珠的水滴悄悄躲在繁星背后，躲到氤氲葱茏的身子里。

如此的夜晚让我真切地抚摸到轻盈而沉重的思绪在泛寒的空气中游离，漫无目的地游离着。似琵琶的细弦在纤指下低吟着不得志的怨曲。不怨给夜里任何有心人聆听，只在心底独自轻拨着指下的弦，同样轻盈而沉重的音符缭绕我左右，缭绕在我无处不在的记忆里。

夜晚的课间，站在教学楼的长长走廊上，想到夜里的冷风会让人遗失温暖的记忆，漏掉明媚灿烂的潭水。虚度年华，还是因为这样的夜晚让我迷失对一切爱的恒久思考。

旋转木马在空中转动着，让我在蒙眬中回到了记忆里。

想起曾经的高三挚友，一位叫骏的女生写给我的信。那是在第一年的高三，她在历史班，而我在政治班。骏是一个性格很独特的女孩，不高的个子，齐耳的短发，给人似乎还是一名初中女孩的错觉。

在午后的灿烂阳光里聚会，她会独自跑向不相识的孩童群里，陪那些孩子在细沙中玩耍，追逐遗失的时光。这在旁人的眼里却是非常幼稚的举动，而她并不在乎。尽管在骏的身边还有许多同龄者，同她一起奋斗在高三的同学，而骏似乎对旁人比较沉默寡言，和陌生的孩童一起时却有道不尽的言语。尽管那些悄悄絮语在成年人的耳边显得幼稚不堪。

不免想到成人世界里有太多虚伪装饰，冠冕堂皇的会室内，行走在林立楼群里大都是擦了粉的人们，而在漫漫的群体中又不得不擦粉，不然无法面对同是被粉饰了的彼此。尽管知道，却不愿揭露彼此的底，只为能赢得一切心中所想的美好境地。大抵上，人都是向往美好的。而真切的美却寥寥无几。

无粉的人生大约会苍白一生，却更能真实面对自己。部分人总不喜欢看到真实的自己。想到世俗染人，仍捧一颗洁净的心于世行走恐怕极为困难。而我的那位叫骏的高三挚友却很真实，没有装饰，在众目睽睽下欣赏着属于自己的阳光。

在信中，她零零散散地唠叨了幸福与艰辛时光里的小故事。原本高一与她同班，直到高二文理分科，她选择了文科历史，而我选择了政治。虽然都是文科，却不在同一班级，原本我一直以为她是美术生，骏提到自己学美术的事。一边混迹在为高考而埋头苦画的艺术生群体中，一边神情若定地坐在教室里尽一名高三文科班学子的刻苦复习义务。

高三的时光大都是在测试与复习的轮换间度过。那时的清晨，我总是顶着阴蒙的月光于学校与家之间穿行着。每次的大小测试前总在心底为自己祈祷：希望不要考得太差！我仅仅能够做到的是，该考好的科目千万不要考砸，考不好的科目分数也别低得太离谱。得知我那不平衡的成绩后，骏表示愿意帮助我。要知道，我的数学差得惨不忍睹，虽然经历过无数大小考试，数学却从未跨过及格线，甚至在更差的空间里不停地徘徊。

想到李清照误入藕花深处，在不停地争渡里，惊起一滩鸥鹭。醉酒的思绪让她怎么也无法掉转船头。于我在沿途里同样被数学的脚步羁绊得伤痕累累。虽然曾恶补过一段时间却终究不见理想效果。

而骏的数学也不怎么好，但她说认识班上很多数学尖子，可以请他们帮忙。对此，我很欣慰而且非常感谢她，虽然那一年的高考我还是落榜了。

骏是一个很喜欢动漫的女生，国内外的动漫大师大部分她都知晓，并且对很多大师的绘画风格和其代表作都能列举出。于是，我对一个如此痴迷动漫的女子表示惊讶与佩服，而我对动漫却知之甚少，最初连

"声优"是什么都不懂,只知道国产的传统动漫,日本的藤子不二雄笔下的哆啦A梦。那些属于童年的记忆却被一个喜欢动漫的女子唤醒,是我怎么也没想到的。

那时,骏的班级在九楼,而我在八楼,写了一些信件都是直接拿过来。省去了笔友通信在时间与空间上的限制,骏的信件上的字迹总是透着轻灵跃动的气息,字里行间似知心者在互诉学习生活的甜苦辛酸,似孩童在跟伙伴们分享那些幸福的小时光。

在信中,她就是一个阳光使者,敞开怀抱向聆听者低语零零散散的记忆。或许平日的沉默只不过是骏的另一种倾诉,而她更愿意在那几页以黑墨绘成的文字里守候着一丛篝火,聆听被季节燃烧过的通透枯木散发出的幸福与艰难的声息。

我不免地看到轻灵字迹里一个特立独行的身影在行走,融于世却又隔于世。一种记忆在那里燃烧着。今日再看到那两封信件,整齐而零散的文字遗落在充实忙碌的高三岁月中的一个静悄悄的角落里,只容我去细细捡起它掩埋在海边的贝壳碎片,抚摸着粗糙或光滑的贝面,将那些壳拼凑成一个个值得用一生去回忆的故事。

我始终没有想到高三的结束却是我另一场马拉松式复习生涯的开始。想起郑愁予说:我达达的马蹄是个美丽的错误。我不是归人,是个过客。于是总有一种错觉,自己始终是个奔行者,挎着沉重的行囊走过高中,走过大学,走过熟悉陌生的人群,徘徊不定。骏在信中说,她想去日本当一名流浪的动漫大师。做一个像宫崎骏,朱德庸,一田真人那样的大师。

只是我终不知道骏,我的高三挚友,骏是否已如愿绘画出自己心中的彩虹图。与她通信的那段时期已是高考前三个月,在信件中我们问及了彼此的成绩:模拟测试总分在班级的排名,与学校成绩优异者的差距还有多远……

随着高考的脚步的逐渐临近,看着复习的日子在挂历上一天天脱落,平静的表象下,内心却在涌起千层浪涛。或许什么都可以输,唯独高考输不起。对于那时的我来说只有一个目标,同样在骏的心里也有属于她为之去奋斗的目标:美院或普通院校,不管哪里,终有她的归宿。想起田维说:我愿意幸福,只愿意幸福。无论是骏还是我,在那段充实的时光中只握住一份对未来期盼的幸福便足够,剩下的勇气与实力便全部倾注到考场里。

高考过后,我和骏这位高三挚友断了联系,最后一次见她时是在市区的新华书店。无意间,我遇到了她,还是一头齐脖短直发,小小的个子,朴素的着装,一副初中女生的模样,透着丝丝的纯洁。想起《我们无处安放的青春》中经历一系列生活变故后自愿选择回到偏僻山村执教的周蒙,不同的是眼神中多了一份被时光磨砺后的成熟。

当我得知骏也在某重点中学复读,继续自己的梦想时,在内心平静地祝福她,并给了骏同样的答复。我也在复读,只是在母校。我们问及了彼此的近况后,便匆匆告别了。

那次短暂的相遇后,便再也没联系过,如今不知道她是否圆梦,是否还记得我这位高三同学,是否记得信件中那些零零散散落在时光里的絮语。

旋转木马上,轻盈且沉重的记忆骑在它的背,于时光中轮转。上面遗失了一些笑声,一些泪水,一些模糊的印记。

夕印

夕阳·外公

从小,我便生活在有着"红土地"之称的半原野半城镇的小城市里,外公则生活在小城市的一个农乡里。这农乡也处在小城中,它就这么蕴藏在这古老的南端小城,在时光长河里淌过了几百个岁月,农乡里所有人的成长以及那些欢笑悲痛都被农乡铭记在它的一草一木,一砖一瓦,一眸一笑中。

多少次,我看见在农乡里的月光朦胧的形态洒向那条羊肠小道一直通向外公家门口的田埂小路。农乡里还有两条冒着葱幽浮萍的河,被日子用香山红叶的信念不知洗礼过多少个年月,却越显浓绿青幽。晴空万里时,河的沿岸偶尔会听到蟾的几声"呱——"的幸福呐喊,河里不知何时起早已被岁月铺洒上了厚厚的一层浮萍,记得悲观者常说:命运似浮萍,摇曳漂浮不定,在若明若暗的都市里如同精灵般流窜着,这便是浮萍人生的一种状态。

在河边经常会看到一个身着素装,挺着大肚子,穿着木拖鞋,梳着长长马尾辫,背后绑着兜肚腰带的中年妇人,只见那妇人提着一个小桶,步履蹒跚地走到河边,左手扶住岸边一棵枝干半粗的叶榕,右手把拴小桶上的长长麻绳缓缓放下河中,桶很快被浸入一片浮萍的包围中,不一会儿，小桶里便装满了半桶依稀荡漾着的河水，一片落满了浮萍的水被提了上来，惹得桶身也沾了些许绿色身影，妇人提着小桶里的水一步步走向猪圈，猪崽们听到熟悉的脚步声，早已心花怒放，在自己的小天地里上下乱窜，还没等妇人将桶中的水倒进猪槽里时，猪崽们已早早围在猪槽边在凑着嘴，幸福歌唱，等待着畅饮一番。

夏日的农乡空气中转动着燥热的风，冬日弥漫着刺骨的风，于我在炎炎夏季很少回到农乡去看望外公外婆，即使小城距离农乡并不遥远，几年的时间里一直在小城里忙乎着所谓的属于自己的事，并谎言称自己是非常惧怕炎热的，拖着被太阳烫熟的身躯下去农乡见老人一面显示是不大愿意的。

而在小城里，初升的月亮宁静而皎洁，却也将我摇摇欲坠的身体投射到逐渐冷却的地表，纤长的身形影像依稀可见，多少次，我以手支额，在书桌前的二十瓦的灯泡烧出的昏白光线下，意识被懒惰的脑细胞所迷离麻痹。却还在回忆着有关农乡里的一切，拼凑着有关外公的记忆。

我不知道自己是不是一个农民，只知道自己是彻头彻尾的农民的儿子。以年轻农民特有的黯淡目光辗转游离，时常在视线里浮现出高高挂在外公家中大厅里的那个同样爬满岁月痕迹的老时辰钟。于我，在漫长的童年昏睡过程里，除了月升日落，小城市及农乡里的那些美好的周边环境并没有起任何明显的变化。

那妇人还是每天在小河沿岸打水喂猪崽，外公家门外那条河，那里的水不断干枯却又不断地被地表人工管道注满，不远处的另一条小河边有一口井，在那口井边立着一个看上去年代已久远的石碑，我不知道那石碑是用来纪念这方河还是为纪念农乡里的挖掘出这方河的人。

我的孩童时代不是在农乡度过的，而是在小城呼啸而过的车辆间，在一堆课本间，在公园的嬉声笑语间流淌过的，于我，有关外公的记忆便也模糊不清。每次逢年过节，母亲都会带着年幼的我一同前去看望外公，每次踏进外公家时，众多孩童的嬉戏热闹声一直回荡在外公偌大的乡间楼房里，而我每次总羞涩地躲在母亲身后，瞪着虾米般的小眼好奇地看着外公以及外公家里的大人们。外公看到小男孩般性情的我，总是笑眯眯地尝试走到母亲身后抓住我的小手，那时的我，看到的只是外公满是老茧的大手，笑眯眯的爬满了岁月沧桑的脸，还有那身深灰的，散发着直刺我嗅觉的气息的大衣。却怎么也不领老人的情。

　　紧紧地抓住母亲的裤腿，从左边到右边，从前面到后面一直在躲避着外公那双厚实的长满老茧的大手。这时母亲也板起了脸对我说："来外公家这么没礼貌，快给外公外婆打招呼！"听到这话，我才极不情愿地从母亲的身后跳出来，用那不严肃的孩童表情朝两位长辈吐着舌头，随意问了一声好，说完便又害羞地躲到母亲身后了。

　　"这孩子真没礼貌，下次再这样就不带你来了。"母亲转身瞪起眼对躲在她身后边的我严肃说道。

　　"别吓到孩子了，没事，由他去吧！"

　　完后，便又朝我说道："来，孩子，外公给你个红包，新年快快长大。"说完，那双有点颤抖的长满老茧大手放进上衣内口袋里，一会儿便掏出一个红包，我那虾米小眼看到那散发着诱人光芒的红包，一双小手马上从母亲的裤腿中伸出来抓住红包塞进裤袋里，却也忘记道谢外公。他只是朝我欣慰地笑着。

　　此时，门外传来阵阵孩童的嬉戏声，还有偶尔传出的鞭炮声，一听到这些诱人声音，我也已失去在屋子里静静待着的耐性了，跟随着嬉戏声一溜烟便跑出屋外，快跑到门口时，我回头好奇地望了望内屋，外公那双炯炯有神的眼正笑眯眯看着我，隐约还传来母亲无奈的叹息。

　　那时我刚刚十岁。未懂得农乡里的艰辛生活，更未懂得外公沧桑背影里的故事。跟外公也无太多接触，只是新年假期间回去农乡，和外公也只有这般如擦肩而过的照面，偶尔看到他在拂着温润的夕阳风的田地里凝重的神情和娴熟的动作,以及那把刀锋闪亮的镰刀和身后大片倒地的稻子,只可惜那时尚未懂得在夕阳风中毫无顾忌地吟唱那些我所听过的农乡歌谣,来为这令我备感新奇的氛围推波助澜,我所惯用的动作只是与一群嬉戏孩童围绕着粗大的叶榕枝干在相互追赶,做着那时期最喜爱的游戏,想着那时期最想做的事。我在叶榕下的以及其他孩童同是幸福的欢声笑语,久久地回荡在新年佳节的浓厚气息间,和着从农乡远处传来的噼里啪啦的幸福的鞭炮絮语。外公在这传统落寞,四周重岳叠嶂的农乡里过着地道的农民生活。

依稀中记得他是农乡镇大队的村干部,这是从母亲那里得知的。那时母亲对那个只会眍着虾米小眼的我说:外公是农乡的村干部,那会儿在村里是个可大的官衔,只是外公从未接受过外人的礼物,他与外婆在村子里生活了几十年了,始终如此做人,如此做事,便也有了七个儿女。

那时,我只是好奇地看着母亲,并不懂她所说的。只记得每次新春佳节去外公家时,他总会给小小的我一个小小的红包,那时还有很多亲戚都相聚在一起,大家同坐在一个客厅里,你一句我一句谈论着一年来的得失,中间偶尔也会插上一段笑话。谈论哪家的小孩又长高了一点,变胖或变瘦了一些,所就读的学校如何,成绩进步还是退步了……笑声时不时地从谈话间隙里传出,久久地回荡在外公偌大的庭院楼房里,沿着每一层往上的楼梯,一直传到天台,传到在天台定了居的燕子巢穴里。

成长的表象是一支记忆斑驳的笔,书写,让隐喻堆积的情感从笔尖滚滚坠落,也让成了夕阳的回忆洒落纸间。

终日在小城市忙碌着建造自己空间的我很少能见到外公,在我的记忆中书本及那些生活琐碎已占了大部分。自从踏入高三后更是很少再回去农乡,高三的假期原本就很短暂,短暂到让我想在一天二十四小时里做完二十四件事。那时我二十岁,十年就这么在弹指间过去了。临近中秋时,母亲让我拿一些月饼回去孝敬外公。于是我再次从小城市的入口处进到农乡里,却发现那条通向外公家门前的田埂小路不知什么时候已被一条美观的水泥路代替了,路口处多了几家专卖学习资料的书店,每次站在假期尾巴上,书店原本就狭小的空间却被大批学子填满。偶尔我也会进到书店里找寻自己喜爱的书。

踏着水泥路,经过农乡的小河时,我也没有再见到那个妇人来到河边提水喂小猪崽。十年了,妇人的孩子想必也已经有我半身高了,只是不知什么时候那一河曾荡漾着浮萍的水干枯了一直没有再次被注满,河底积了一层厚厚的淤泥,还从来不知道曾经一片幽绿的河里还能容纳下如此多的东西,被废弃的轮胎,鞋子没有规律地躺在淤泥里,还散发着一阵难闻的气味。

去到外公家时,当我把那些东西放在大厅里时,外公见了却示意要我拿回去:"孩子,你带回去吃,外公这里还有。"说着一双长满老茧的手再次拿起了我带来的东西,硬是塞回我手上。

外公还是穿着那件朴素的深色棉衣,戴着一顶蓝色棉帽,笑眯眯地看着已经高过他肩膀的我,与十年前不同的是,我没有再躲到母亲身后以好奇的眼神看着眼前的老人。他还是和十年前一样,一样的衣裳,一样的笑容,一样的蹒跚颤抖,我却看到在岁月遗留下痕迹的那张脸上又多了几分老者的沧桑,深色外套的领口里松弛的爬满皱纹的皮肤随着说话声在一动一动着,眼里的外公变得苍老了许多。我提着月饼站在那里一时不知如何是好。

外公似乎看出我的心思:"孩子,回去吧,这些你还是带回去和爸妈一块吃吧,外公老了,牙齿不好使了,咬不动,听话,啊。"

"外公,我……"

我还想说什么,喉咙却像被什么给塞住了,拿着原本要给外公的月饼再次尝试放到大厅的桌子上,外公却坚持要我带回去。他好像看出了我的心思:

"孩子,不是外公不接受你的心意,这些我的确吃不了,这和平时外公不接受外人的礼品是没有关系的,孩子,别往心里去。"

我知道外公的脾气,只好拿着原本要给他的月饼走出了门口。在走出门口时回头一望,外公正蹲在庭院里呆呆地望着在庭院里欢快啄着小米的鸡崽。只见他拿起倾靠在墙角边的烟筒,两指从上衣口袋里夹出一小团烟丝,搓揉一会儿,一点一点放在烟口处,并用大拇指稍微压了压,布满皱纹的嘴凑上了烟筒上方,轻轻吸了一口,顿时白色的烟雾从他的嘴里,鼻中愉快地蹿出,缭绕在庭院上方,不久便消失在庭院的夕阳光晕里。橘黄的夕阳沿着庭院布满沙粒的地板,悄悄地爬上外公那张布满皱纹的脸。一种古铜金黄呈现在我眼中。

就这样又过了一年,这年我二十一岁。当我还在远离家乡几百公里的大学时,突然接到母亲的电话,只听到那头一个颤抖的声音说了一句:外公去世了……

去年暑假回家时,我才得知外公的弟弟因为有一件关于房子买卖合同的事来他家一同商量,外公对此事持坚决的反对态度,并责怪了弟弟,而弟弟说了过激的话,两人争吵了起来,导致外公心脏病突发,老人就这样走了……

我沉默地接受了外公离去的事实,因在学校的缘故,我没有回去参加外公的葬礼,听母亲说在送别外公的那天,全部的儿女都守护在老人灵前为他诵经祈福,如此一来外公在彼岸便也能继续过着幸福的晚年生活了。

我的脑海中关于外公的记忆不多,但那双爬满岁月老茧的大手的记忆始终不可磨灭,这总让我不由自主地忆起外公曾经艰苦朴素的生活,还有那在夕阳里耕作的背影。那曾经蹲在庭院里抽着烟筒的身影,在我理清思路后,仿佛昨日近在眼前而又无可挽回地令人何其痛苦。往后的我会在夕阳下,让通体剔透的水珠破碎于足下,身后的夕阳风甚为温润,诉说着岁月老人的沧桑与微凉,宛如一场梦幻般的古老影片,却把一个岁月年轮老人的身影永远烙进了夕阳短暂却永恒的光晕里。

今夜,夕阳在我的脑海里徐徐落入海边,朦胧中,看到了外公在夕阳里的微笑,如此灿烂,如此淡定,却也让我的心轻轻抽搐着。

那一轮明月

又是一年雨水飘絮时节,到了夜晚,绵雨好不容易安静下,皓月之光,荡漾着轻盈的夜晚,柔和似水,轻轻绽放在夜衣裳的怀抱中。星光几点隐约闪烁,看见了却无法久久凝视,生怕它经受不起大地苍茫泪水的洗礼,羞涩地躲进云团里。

这样的景色不宜入睡,也不宜清醒,唯有含上淡淡流淌的思,在蒙眬月光里绘画着熟悉的背影。

独坐窗前的我,置一杯温开水在桌前,抿一口,水的余温沿着喉咙直抵心田,润湿那干枯了许久的思念。燃一支白衣飘飘的蜡烛看它流淌又凝固的清泪,在火光的摇曳里,晶泪涟涟,楚楚动人。

揽一分孤寂,品一味宁静,凝一方月光,注一丝情愫……

初春的凉风从窗口不期而至,天气似新生娃娃的脸,阴沉里拉着晴朗。极力苦苦地挣扎,荡漾,一漾便漾出了一方零散的橘黄灯光,似月光,

野地上的行走

那是家乡门外的四季里经常能见到的一道美景。

这景静静地守候在夜里,守候着欣喜或伤悲的故事。我的家伴着景看风雨萧条,花开花落,家中有我倾注了一生情缘的母亲。

孩童时,母亲总会对着晴夜里的明月给我讲她的身世,她坐在月光洒下的床边,眼里含着生活里的微笑与泪水,像一尊冰清玉洁的雕塑。带着与月光同样温馨的美。

我的生日驻守在忙碌得如荼似火的五月,记得多少个年月里母亲总会在家精心地为我准备生日,从进入幼儿园到高中,每到五月那张圆饭桌上总会放着几个煮好的鸡蛋,旁边的圆盘里还有撒满了香料,还在冒腾着热气的鸡肉。

到了中午时分,桌上会再添上一个中型蛋糕。生长在红烛上的星星之火伴随着空气中幸福的旋涡在轻轻舞动,那时我与妹妹会在一片欣然欢喜中,鼓起腮帮,吹熄那片荡漾着月光的烛光,将喜庆的味融入嘴中。

虽然是我过着生日,但母亲却总会特意到蛋糕店挑选一个中型号蛋糕,为的是能让她的两个孩子多品尝一下这不可多得的美味。我知道自己的生日在繁忙的五月天,因为二十年前我就定格在这一天,母亲将我从混沌中带了出来,一路上牵着我的手,轻抚着我稀稀散散的发丝。一直触摸着手掌,看着我的掌纹在岁月里逐渐清晰,满头的发丝逐渐变得浓密乌黑。

儿时的我,总爱一次次轻盈地扑到母亲的怀抱,对未知事物的莫名害怕,使得母亲宽大的怀抱更显温暖。那时妹妹还是小婴儿,同样需要母爱悉心的照料。而父亲终于忙碌于工作,把持着一家生计,虽然母亲也是一家游览公园的普通职工,照顾孩子的义务却还是落到了母亲的肩膀。在这片南国的红土地上,受传统世俗观念影响,世世代代几乎都是男主外,女主内。

母亲却无半点怨言,默默地把我拉扯大。直到我九岁那年,有了妹妹,我很欣喜,往后的日子里终于不用再孤单一人。随着妹妹一日日地成长,家中的气氛也逐渐变得热闹起来,每年糕点上红烛似月光般的烛光都会被一家子幸福的身影吹熄。品尝甜滋奶油里的微笑,我始终知道那烛光中荡漾着母亲似月光的面容。

那时母亲有一头乌黑发丝,走在岁月的脸上却无多少沟壑皱纹。每年新春佳节,我总会拉着妹妹的小手经过人山人海的,洋溢着喜庆氛围的公园广场,看到母亲同其他员工站在公园门口,手上紧紧捏着一叠厚厚的入园观赏票券,在那里忙碌。

新春佳节的游园顾客人山人海,母亲却没有因为游人众多而手忙脚乱,边收费边递票,动作职业般娴熟。有时我与妹妹会挤进人群里,蹿到母亲售票的门口,朝她做着喜庆的鬼脸。几年后,因单位的变调,母亲被调到市环卫处当清洁工,得知这一消息后,母亲的脸上却始终洋溢着似月光般的微笑,没有半句怨言与抱怨。

二十年来,母亲一直用自己单薄的脊背为我和妹妹支撑起一片洁净的天空。

幸福的时光却如此短暂,我永远也不知道在平坦与坎坷并重的命运里下一秒会发生什么。虽然懂得月有阴晴圆缺的恒定真理,总认为那是飘在高处不胜寒的宫阙中的丝带,触不到也终不愿触,似乎距离自己很遥远。

在我二十一岁那年,终拿到大学的录取通知书,虽然是普通专科学校,却也让家人欣慰。那时妹妹正上小学六年级,当她看到哥哥的录取通知书时,替我高兴翩舞。母亲同样非常的欣慰,为儿子两年的努力成果甜蜜着。尽管年幼的妹妹生着只可用药物控制维持着生命的疾病。

然而大学第一年很快过去了,就在我还在学校中忙碌着时,一天的中午时分我突然接到一个电话:妹妹因病情恶化,突然离世了……

我惊呆了,静静地置身午后的热闹空气中,却似被分隔冬夏两个季节,耳膜里已听不到周围一丝声响。

年幼的妹妹离开了爱她的哥哥,父亲母亲。在妹妹的眼里或许叫爸妈更贴切,她始终是个孩子,需要家人的爱。我记得在赶回家前的那夜,乌云将月亮和星星淹没,狂风乱摇乱晃着小窗,暴雨虐肆纷乱地溅落,似乎只是为了恶作剧般听到它痛苦的呻吟声,我独自瑟缩在楼群的宿舍里,生怕被突然闯进来的狂风一把抓走。担忧牵挂,痛彻心扉般袭击着我脆弱的灵魂,那夜正在母亲来电传来妹妹噩耗的晚上。

隔天下午时分,经过近七小时的长途颠簸,我终于赶到家,只见母亲披头散发,带着呆滞的眼神和一脸的憔悴坐在客厅的木椅上。看见我她就像是抓住了一根救命稻草似的将我紧紧拥入怀里。我感觉到头顶上下了一场大雨,二十一岁的心灵被沾湿了一大片却平静得像是经历了沧海桑田的无风拂过的草丛,苍老得如深秋飘着绒絮的干枯草根。由于赶到家时已是隔天下午,我来不及送别妹妹最后一面,此去却是永远。

这一刻,我唯有以自己的平静去安抚母亲那颗被生活的风雨摇曳得满是创伤却不显露痕迹的心。自从得知妹妹得了这种只能依靠药物维持生命的疾病后,母亲没有落泪,却在心底抽搐。单位的变调沦落为清洁工,母亲无一丝抱怨,只是默默地干着本职,疼着妹妹,撑着家。整整六年,母亲用她那从不抱怨的沉默与辛勤换取着血汗钱。

在母亲的心里,只要能看到两个孩子的相伴与健康已经足够,突如其来的噩耗对我,对母亲,甚至全家的打击都是巨大的。年幼的妹妹的突然离去无疑给了行走在艰辛岁月里的逐渐被沧桑模糊了视线的母亲一头沉重的打击。

经过突然的家庭变故,我年轻的心灵逐渐能经得起辛酸苦辣的浸泡。偶然有经不起的伤悲时会悄悄跑到长长的空无一人的堤坝上,看一路铺向远方的石子,看白茫茫的水,看涌动的绿波浪,白水和绿波在风里荡得我头晕目眩地忘掉伤痛。

我忽然感觉到自己是天空里最孤独的那片云彩,停留在永远怀念的那片天空。我看到的母亲没有放声哭泣,却深知她在心里默默淌泪。

　　那一刻,我不知该如何安慰自己,更不知如何去抚平母亲创伤的心灵。就在我不知所措地在内心伤悲与迷茫时,母亲却来到我身边,用她粗糙的手为我抹去脸上的泪珠,然后用温暖的怀抱来接纳我所有的泪水,尽管亦承受着失去妹妹后巨大伤痛。

　　世上能容纳万千情感的不是茫茫的深不可测的水库运河,而是母亲接纳过岁月风雨的胸怀,连同莫大伤悲一同接纳厮守。她以似月光般的面容送走了呵护疼爱了十三年的妹妹。

　　从此,茫茫的天际里又多了一个年幼的灵魂,母亲用她似月光的坚韧与不舍的微笑一直目送着妹妹,她最疼爱的小女儿。从此,母亲在世上只遗留下一个孩子,便是我。我对母亲说,来世我还做您的儿子,我走的路有多长,母亲的爱就有多深。失去了妹妹,您还有我。那瞬间,似乎也听到母亲说,孩子,妈妈的微笑会伴随你一直走下去。

　　自那以后,生活中所有的酸甜苦辣在母亲月光般的微笑里而显得微不足道。

　　苏轼豪迈地轻叹:人有悲欢离合,月有阴晴圆缺,此事古难全,但愿人长久,千里共婵娟。天上的圆月是一滴清泪,它造就了人间太多太多的悲欢离合,而没有月光的时候,却有烛光代表着月亮燃烧,将四周的无边黑暗驱开,给我真实的归宿感。

　　我也知道求学路上母亲不挂念远乡的我,却让那句"常回家看看"牢牢地拴住了我,养育之恩深似海,人间烛光才是我真正的月亮,那温暖的月光正是从母亲和蔼的,在我二十年后悉数爬满皱纹的面容里散洒出,始终辉映着我远行求学的身影。天上那滴清泪,它滴落下来,淌成了人间一条爱的河,我把"母"字加进去后,它便绵远流长,深厚博大了,流淌着月光中坚韧的微笑。

天杳杳,路悠悠,情长长,母亲似一方光芒无边的明月,轻洒在我的额头,栖身在我的身影,呢喃着温暖的诗句,让我用一生去回味……

月江

漓州有一条江,又叫月江,与汹涌江河不同,相对一个繁华都市而言它只是一方小水源,却又是一条孕育着无数漓州人的江河,在人们眼里它是牵引着万物生命之源的母亲河。而我的父亲则出生在月江身畔以它为名的一个小小的却热闹非凡的县城里,有这样的江便有这样的名字,居住在这城里每个人的身份证上都会以闪闪发亮的铅印烙上这个小小的地名。虽然走出家乡像这样的美丽江河,只要稍有地理头脑,花费一定的时间与精力去寻找便很快能找到与漓州相似的江,再加上这样的名字容易让人产生虚幻感,往往带有虚幻色彩的东西会让人抱以满心疑惑,似在云里雾里般,于是总会让人怀疑它的真实性,与那些生长在小桥流水人家,江南小镇的大户人家不同,作为这里的人,我没有多少可炫耀的资本,只是在外人问及家乡于何处时,才小心翼翼道出,并且还要顾及别人的感受。

在月江,还有一个当地习俗,在八月十五中秋之夜往江里丢入半块月饼便能换得来年五谷丰登。这让我想起端午往汨罗江放粽子的对伟大诗人屈原的纪念方式,这是很小的时候母亲告诉我的,一个属于当地习俗的传说:相传在县城刚建成时,这里还是一片贫瘠荒地,人们每天晚上唯有对着月亮倾诉苦难,在他们的眼里,皎洁的月亮象征着上天的庇佑神灵,他们每晚都要看着月光才能进入梦境,后来月亮托梦给居住在这里的人们,它在梦境中说,这里是一块风水宝地,只要人们用双手开荒播种,就可以摆脱贫困了。勤劳的人们依托月亮的梦,用双手让土地肥沃了起来。县城里有一对新人结婚了,可就在两人刚结婚不久正沉浸在甜蜜的婚姻时光中时,年轻人的妻子却突然病倒了,这下可把年轻的丈夫急坏了,奇怪的是到处求医问药,几乎什么正偏方都用上了,病情非但没有好转,反而在一天天地恶化。虽然那些药方丝毫不见成效,但在郎中药方的指引下,他还是到跋山涉水中采回了一些草药,熬成汤剂给妻子喝,年轻的丈夫期盼着奇迹的出现。转眼到了八月十五中秋之夜,由于治病的高昂花费,已经是家徒四壁,可妻子的病仍不见起色,如今他已身无分文,家中只剩下一盒月饼了,那是他们在前不久订婚时所买的礼品,希望婚姻能团团圆圆,和和美美,虽然妻子重病卧床不起,但他一直不离不弃,任劳任怨地尽着一位丈夫的职责,眼看着家家户户在中秋之夜幸福地团聚赏月时,他悄悄流下羡慕而悲伤的眼泪,但还是决定和卧床的妻子共度中秋,当他把昔日爱情见证的月饼放到妻子的床头时,只见妻子仍在半闭着眼睛,好像看到了被放到床边的月饼,在蒙胧的昏睡意识中轻轻说了一句:我想喝鱼汤……年轻的丈夫听到了,这是自妻子卧床不起时期以来第一次说话,而且是一句让他萌生希望的话。年轻人欣喜若狂,将原本已放下的月饼马上又提了起来,转身只管往门外奔去,此时在他脑海中只有一个念头,买鱼回来做汤给妻子喝,就在他前往集市的半路上才想起,此时天色已晚,在这么个家家户户团聚的中秋夜哪里还有什么鱼卖? 他提着月饼开始在近乎绝望中,漫无目的地走着,不知怎么就走到了一条江的岸边,透过奶黄的月光,江里似乎有很多鱼儿

野地上的行走

的身影若隐若现,那的确是鱼,在江面的浅层悠闲嬉戏着,他想起妻子的愿望,也许那对妻子而言已经成为一个仅有的愿望,作为丈夫没有理由不帮她实现,于是他走到江边,既然买不到鱼,干脆就自己捉鱼,可还未等他起身,鱼儿似乎已察觉到动静,一下子躲藏进深水域,江面上只留下一圈圈还在泛动且无限扩大的波纹,还有几处零星的水花。

正当他手足无措时突然想起手中提着的月饼,似乎想到什么,于是打开盒盖,拿起一个折了半边扔进湖里,鱼儿闻到美食的气味,便一下又从江底蜂拥而至,年轻人最后终于抓到了一条锦鱼,带回去熬了一锅鱼汤给卧床不起的妻子品尝。自从喝了鱼汤,妻子的病似乎在奇迹般地一天天好转,最后竟然不治而愈,这让之前给年轻人妻子看过病的郎中大跌眼镜,惊讶不已。后来这事在县城里传开了,人们不知是月饼还是鱼儿本身的功效,但之后每到八月十五的中秋夜,人们都会带上买来的月饼去到江边,往江面投入半边月饼,这个习俗沿袭至今,后来那条江被改名为月江。

那时我还是个对世界充满未知好奇的孩童,很多事都是从成年人口中获知,也不会细细琢磨辨认真假,也许大人的严谨措辞足以让一个孩子信服。不过在母亲的记忆中,月江的确是个很美的地方,县城的美也因为那条名叫月江的江河。也许是因那美丽的传说,也许因它是母亲河,也许爱故乡的河不需要任何冠冕堂皇的理由,任何人对故乡的一草一物,一人一事都有无限的包容。至于是什么传说那已不重要。

祖辈们在月江所处的县城里,在一片环山绕水的房屋天台上,于茶余饭后的闲暇时光,沏上一壶上好龙井,紫砂煲泛着瓷光,清香的茶味静静地在空气中弥漫,在轻快的畅谈中逐渐拉近祖父辈们相互的距离,他们彼此之间年纪差不多,都见证了月江的甜苦辛酸,是月江县城的一代人,祖父辈们忆苦思甜的光景带着淡淡的安静怀旧,带着岁月沉积的感慨,如今他们都已老去。也许老去是欢快的,在步履蹒跚的斑白夕阳岁月末，记忆仍旧清晰，足以够踮起脚尖看到半个多世纪留下的脚印。一行行的，或笔直或弯曲，有些早已模糊，刻在祖父辈的记忆里却又那么的清晰可辨，也许老去又是感伤的。我想他们在孩童时期也许同样有过和我一样对幸福的向往，也有过带泪的无奈与遗憾，幸运的是如今还能安好于一段黄昏时光，对已被消耗了的人生含英咀华，遗失的美好，未了的心愿便也在这时一并涌向苍老的记忆，那最真实亦最残酷，在祖父辈们年轻时是不是就有了往月江投掷月饼祈福求安的传说，我没有去问，事实上也没有机会问及，只知道后来是从父亲那里隐隐约约得出那个美丽的名字，还有它背后感人的传说。月江，一轮明月映在杯中，一条江沉在杯底。遗憾的是，后来我那土生土长的父亲和他的兄弟姐妹却从不觉得那地方有多么富有浪漫气息及诗情画意，他们并没有被感动的月江传说所打动，要不为何都似赶集般以考大学打工为由纷纷溜出这片故土并借故不返，我不知道在他们的心里对月江的情感定位于何处，只知道他们总是会以形形色色的理由来掩饰未知错误。父亲以及爷爷是我知道的唯一忠诚于这片土地的人。

从母亲旧时的记忆里得知，她是在一个安静地夜晚生下了我，而爷爷则千里迢迢打来慰问电话，与其说是爷爷打，还不如说是奶奶，年轻时母亲就住在他们家，在母亲怀胎十月的那段时期并未得到一个孕妇该有的关怀呵护，两老惦记的只是母亲肚子里的孩子，他们的孙子。有时母亲多吃些菜，或者吃她所喜爱的酸菜时，两老便会过问甚至阻止，说是那些都是营养价值不高的垃圾食物，吃它还不如多吃米饭，他们却不知道自己的儿媳妇最缺的就是那些上不了桌面的食物，直到我的出生，母亲的身体却因此落下了营养不良的隐病。后来父亲的工作有调动，搬到了月江所在的县城，这个热闹的，拥挤的，安然的，古老而闭塞的故乡，在我刚出生时，听闻我的姓名还是一位远房的亲戚姑婆给取的，那时取名字是个非常严肃的过程，爷爷奶奶父亲母亲都来一同商讨有关我的姓名命名问题。这对一个传统根深蒂固的家族而言，是一项历史重任。虽说名字终归不过是一个方便记忆的符号，但它会伴随一生，连同学业事业爱情。原本父亲母亲说他们给孩子取名就好，不用麻烦大家，但远房亲戚姑婆却执意要大家一同商量。就算这辈子成不了社会的大人物，名字也不能随随便便，这关键到命运，平凡人也有平凡人的命运，姑婆如是说。听闻她是个老有经验的人了，曾经做过保姆带过很多嗷嗷待哺的婴儿，她一般是帮一些事业比较繁忙的年轻家庭的父母带孩子，却并不是为了什么生计，这只是一位暮年妇人的心愿。她喜欢和孩子在一起的时光。后来日子好了，姑婆在月江县城买下一栋房子，却还一直在做着照看孩子的工作，只是每次在周围人有意无意提到月江时，她的眼眶总会泛起一层模糊的红晕。姑婆和爷爷奶奶几乎同时住进月江县城，他们曾在两个儿子家里享受过儿孙满堂的天伦之乐。和姑婆也成了亲戚，姑婆曾经和奶奶同在一个家，于是在每年的八月十五之夜，他们总会一起赏月品月饼。姑婆是个敢于冒险但做事认真的人，在把自己塑造成一个女强人后，她开始一丝不苟地履行起自己作为中国女生的传统却神圣的使命，当了母亲的姑婆还喜欢收藏月饼，每逢中秋节去亲戚家叙旧时她总会拿月饼招待他们，各种样式，没人知道她对月饼为何这般钟情。

在我很小的时候曾听奶奶姑婆说她不愿意回月江，那条江有种力量让她不寒而栗，她宁愿捧着各式各样的月饼在距离月江相对遥远的家里追忆至亲。也不愿走近江边，奶奶告诉我，姑婆过去常常从梦中惊醒浑身发抖，醒来后她说她看见了那条江。然后是父亲的故事。他是家中最大的孩子，当时爷爷本想打掉这孩子，可奶奶说什么也不许。怀胎十月的降生之际，正值冬日，爷爷说奶奶生下父亲后就哭了，说她造孽，眼神中竟与姑婆在谈及月江时泛起同样的惶恐，说着就想冻死这婴儿，她把少子赤身放在寒冬十二月的硬泥地上，转身却被看在眼里的姑婆马上抢过去解开衣襟把婴儿抱在怀里，如果当年没有姑婆的一夜一夜温暖的胸膛，那孩子就会冻死在那个分外寒冷的缺衣少食的冬天。后来的这个世界也就不会再有一个我了。但当时的人们不可能想得那么长远，在那个衣食不饱的年代里，人们要的只是能平安度过每一天，能看到天，看到地就已是非常幸福的事情了。爷爷说寒冬的夜晚，月江上什么也捕不到，原本他还想捉几条鱼回来给奶奶和婴儿补身子，然后是同在一个屋檐下的人们长久地沉默着，只有不知天命的新生儿在温暖中昏沉沉地睡，均匀有节奏的呼吸像是一声声揪心的叹息。过了好一会儿，奶奶起身了，对爷爷说那里还有一些菜，你去做给孩子吃。

　　转眼间，时光一晃而过，父亲很快就长成一个结实的小伙，在几十年间成为一个精明能干的小伙子，在月江县城学到了坚强，他不再默默流泪而开始努力学习奋力干活来稀释悲伤。很多年后，他毫不忌讳地告诉我爷爷走的时候他是如何的痛苦，他说他一听到消息就跑到月江上跪在那冰冷的身体旁，祷告着什么。那个夜晚正好是中秋夜。爷爷生前对父亲非常严厉，就在爷爷离去的几天后，他还说他梦里有一条无比清亮的江缓缓流过，如同漂流在江面的饼屑。父亲说他曾无数次责问苍天为什么夺走他的父亲，甚至怨恨过自己的父亲就这样匆匆而别。父亲没有问过别人，只是一个人在沉默地思想着，他没有去问有关姑婆有关自己父亲生前的一切，一想就是三年，或许还会是一辈子。之后每年的中秋之夜，父亲都会悄悄去到月江边掷下手中的月饼，边念着他父亲的名字，就像姑婆念叨着自己的孩子名字那样。

　　月江如同当初那样平静，泛着月光，在每个中秋之夜里。

伸出故乡的轨迹

　　我离开家前往邻市的火车站时，稠密的牛毛雨搅拌着城市空气里的沸扬尘土，零零散散地散落在沿途的路面上。呼啸而过的车轮，缓步或快步路过的脚步，从漫天上继续飘落的雨时刻在改变着路面上绘着复杂笔调的雨景图。雨水淋湿了那棵在我家门前安居了十几个岁月的槐树。

　　看着天空里的阴沉，乌云总在倾盆暴雨来临的那一刻，占据了天空舞台的主角位置，却将泪水遗留在大地，润湿了幸福与艰辛的人心，渗透进大地的根。

　　我是南方人，绵雨天在一些唯美主义者眼里颇具几分浪漫色彩，青天色的江南小镇，情似轻盈流淌溪水边的小家碧玉女子，依山傍水的千年楼台，沿着楼台溪边的绿水一直流向不知名的远处蜿蜒地段。而现实的南国小镇终归与繁华都市并无两样，只是人与车的数量的增或减。

　　田维说：生活终究是热闹的，世俗，喧嚣，甚至肮脏，但这就是我所眷恋的生活，我不该拒绝它真实的面目。现实便是这样的，而我却喜欢在现实里绘着一方安宁。

　　虽然生活在南方，我却始终弄不清楚自己是北方人还是南方人。因为南北国都在下雪，只是它们的形态不同，一个淅沥得轻盈，另一个飘落得厚重。两者都是我的最爱，终也无法割舍。我喜欢吃北方的水饺，亦喜欢吃着南方的玉米面，只是北方那种豪爽的热辣让我稍微无法忍受。

因此时常听到人们说，南方人习惯在轻盈平稳的生活里走着碎步，北方人却喜欢在豪情的刺激山路上跨步。但我始终是南方人，脑海中关于南方的记忆多于北方。虽然很向往北方纯白的雪花，至今却还没有勇气，或者说还没机会与它共舞一场。

不知道北国那漫天飘絮的雪是否和课本上余秋雨先生笔下的阳光雪一样。天与地之间只回荡着《渭城曲》："劝君更进一杯酒，西出阳关无故人。"两年前的秋天，我静坐在高三的教室，看着课桌上一本本如雪花般厚重的复习资料，上面印满了密密麻麻的习题，我需要做的只是不停地在上面提笔书写着，不知道该写多久，月微笑，阳光灿烂的微笑里都有我在那里书写的身影。

事实上与我同坐在教室里的其他同学也有同样的迷茫，唯一知道的是明年的六月天便是结束这种生活的时日，也是另一个人生开端的诞生之日。于是，在那个学期寒冷的冬天，我没有感觉到寒风冷雨的侵袭，拼命掩饰着不安分的心，做英语，数学习题，尽管它们并不青睐于我。

而第一年的高考我却落榜了，而且输得很惨，经一位友人的介绍，他的学校可以收容一批高考失意者。那时的我正沉浸在后高考时代的落榜惊恐不安与对大学生活的无比向往中，只想着如何收拾这场由自己造成的残局，最终跟随友人踏上了北上的列车，虽然那里还不算北国的区域，仅是距离自己家乡两千多公里路途中的一个外省小城。

那是我第一次乘坐火车，一次行程让我这个终日只看到复习资料上密密麻麻字迹的人终也能亲眼目睹书本之外是另一个世界，稻田，高山，草原，农家。我好奇地看着，满心的疑问，一节开动的火车头竟能让二十多节车厢从容平稳地在铁轨上奔跑。带着有节奏的咔嚓声，似一位长者

野地上的行走

在低诉岁月里那些轻重的故事。

我走到车厢与车厢的连接处，只见脚下是一条时隐时现的缝隙，若干的螺母整齐排列在上面，伴随着晃动的起伏却纹丝不动，它们若动摇了，又该有多少场梦境在这漫长的轨迹上彻底破灭。

透过厚重的车厢玻璃，外面沿途的景在视线中飞快后退着，似在流年里奔走的日子，无法仔细凝望某个聚点，匆匆地被时光带过，铁轨成了一条无终点的银色铁条，承载着我以及几十节车厢里的人们向着漫漫前方里的目的地奔进。火车的车厢设计简单实用，空气中透着微寒的干燥，但是飘浮着灰尘的颗粒。阳光从对面的高山斜射进来，辉映着那一张张疲惫与精神的脸。发丝里的肮脏与干净并重在这小小的空间，车厢里的尘埃附着过道上来回走动的人身，在阳光投影中调皮地荡来荡去。

月光从沉睡的建筑物的缝隙里照过来，仿佛是夜精灵在空气中游荡。火车在夜里疾驰，我靠在座位的一处玻璃窗上与这夜一同沉沉睡去，额头伴着有节奏的晃动与呼吸对话。

第一次见到火车，觉得它像一个神秘的怪兽一样蹲踞在那里，给我一种神圣伟大的敬畏感，每每火车拖着长啸的汽笛经过时，我总会想到在它身后远远地跟随着一群孩童，那里也有我幸福的身影。这火车，这铁轨从故乡的起点一直通向远方的目的地。

铁轨穿过繁华与寂寞的城市，穿过无数山岭与隧道，经过平原的绿野，漆黑的夜晚，我看着青春的时光缓慢地绕过岁月的山头。只是还没来得及在那里与它们亲密接触时，却很突然地返回了高三。或许在现实面前我还没资格做一个流浪的艺术家，就像我还不够了解江南的绵雨与北国的绒雪是不同的概念。

第一次走出故乡，我在漫漫的沿途中，担忧地看着窗外世界的瞬息变化，以至于去到新环境的校园，感觉那里终不是我所眷恋的地方，尽管曾一度梦想在这陌生的校园起航，于我却如羞愧者般再次乘上了返程的列车。心里却在自责，还带着那么一丝骨气，通出故乡的铁轨所带给我的没有梦想的期盼，却遗留下异乡的陌生遭遇与自嘲的内心，还有无缘无故被浪费了的钱财。看着光明和黑暗掠过我的额头，想起艰辛的母亲，给予我无私的爱与关怀，那光阴却在一天天无情地剥夺着她有限的年月，繁杂忙碌的日常生活压在她并不厚实的肩膀。于我却没有能力替母亲分担一些琐碎，还在毫无知觉中为她增加负担。

高四的那段日子，我继续任重道远地行走在青春的边缘，与密麻的复习题打交道，紧张而平静的内心在时光中荡漾。在母校中学里，时常会看到那些艺术生的身影，想着他们的心里一定有着非凡的梦想，为了踏上伸出故乡的轨迹，在高考前他们不得不日日月月在画室里执笔重复那些僵硬的石膏画，一次次地将调制好的水彩与油墨重新调配制，擦拭又绘着不同神情的人物像，直到符合考试的要求。那些亮丽的颜色在眼睛里失去了光泽。

我只希望那些怀揣崇高梦想的艺术生们在六月天过后都能踏上伸出故乡的轨迹，不要连做流浪艺术家的资格都没有。

同年的九月，我再次走出过故乡，同样的轨迹，不同的路线，只是这一次承载我的梦想的不是列车，而是笨重而高大的长途汽车。在离开故乡的那个夜晚，我看着汽车沿着高速路进入隧道的那一瞬间，光明与黑色的分界线上，那些逝去的年华，那些停留在我脑海里的记忆却永远弥留在始发地——故乡。

夜幕降临以后，长途车上的人们都在疲惫的行程中沉沉睡去，繁世的喧哗在此时便也褪去了它华丽的外衣。只是当深夜的汽车经过灯火通明的城市，我不能入睡。会梦到第一次踏在伸出故乡的轨迹里，我不能在远方目的地找到自己想要的愿景。

清晨醒来，我的第二次求学轨迹已到终点，那里的阳光与故乡的一样的灿烂，草叶上还淌着羞涩的露珠，那时轨迹遗留下的泪，不曾伤痛，却铭记冒芽时激动茫然的心情。

　　伸出故乡的轨迹,铺到了目的地,铺进了我心。

环城南街

　　　　在午夜的静谧时光里

　　　　追求一种覆盖着黯淡的幸福

　　　　尽可能地设想梦境里的坚实城堡

　　　　风轻柔或沉重地漫过每个路人的肩

　　　　带走岁末的风沙以及年轮

　　　　便也瞬间覆盖了所有的事实

　　　　街市母亲守候着无数住宅孩子

　　　　任凭斑驳追逐,仍与记忆携手成长老去

　　　　在街面的一个十字路口

　　　　光影的情感在人世轮转中逐渐隐去或重现……

　　我诞生在环城南街一栋小楼里,我知道我是闭着双眼啼哭着降临到这里的,从陌生到熟悉再到一种看不到的陌生,感受不到它的存在心就会惶恐不安的依赖习惯,我想这大约是人对环境的一种依赖,熟悉了便成为眼下的家，寄居在这里，即便它在自己的眼里多么陌生，生存久了便也当作家了。

　　人对环境竟也会日久生情。在这里也有许多和我有着同样梦想的人，在环城南街年轻时，我们曾经是形影不离的好朋友，不分你我，一同到附近公园宽阔的球场上放飞欢笑，在榕树下的草坪中打滚，绕着公园散步的林荫道畅快奔跑，直到汗流浃背，面红耳赤，气喘吁吁，跑去街边角落的一个小卖部，只见在里面的一张躺椅上，一位老人躺在那里，身着灰色的裤子，白色的露肩背心，半躺在那里摇着手中的蒲扇。那是环城南街年代最老的小卖部，年幼时我们都直唤铺子。我在外头大声呼唤着："铺子公，给我来几根雪糕！"说完随手向一位头发斑白的老人递去几张皱巴巴，几张散发着我们幸福汗味的零散纸币，老人听闻有孩子来买东西，很快用双肩从躺椅的扶把上撑起身子，走着蹒跚的碎步，一步步走到门口处："孩子，你要什么？"老人似乎没听到刚才的话，于是我重复了刚才的话并提高了音量。他缓缓点点头，脖颈上松弛的肌肉在晃动，用微微颤抖的手打开小冰柜，淤积的冰雪白雾随着冰柜门被打开那刻一下欢快地涌向空气中，那张被皱纹覆盖了的脸洋溢着夕阳的幸福，在接过那零散纸币时，笑容便随即扬起，这在成年人眼中不算钱财的钱，在一位老人面前竟有如此之大的吸引力。他拿起几根雪糕递给了我，只说了声："孩子，给，拿好了！"说完，便小心翼翼地盖上冰柜门，转身一步一步走向小卖部里边的一张躺椅，闲暇般坐下，拿起蒲扇继续轻轻摇着。仿佛什么事也未曾发生过。

　　多年后，当我再次路过环城南街的这间小卖部时，还是会不经意地望向它，一切都没变，同样的环境，只是那位老人不见了。或许，我知道老人去了哪里，他的身影一直未曾离开这条街，不管真实还是虚幻。我想最虚幻的往往也是最真实的。

　　一年过后，不知从何时起学会了温柔，与一颗炽热而冰凉的心在光

野地上的行走

影的尘埃中伴舞，当清晨第一轮阳光开始升起时，看到窗外那棵守候过家族变迁的槐树，不知什么时候已往窗台内探进一根枝叶，不曾嫩绿的枝叶，有点深秋泛黄色彩，枝叶所在的大树守候着环城南街，被街面的嘈杂淹没了它作为植被的光芒，却依然坚挺着。枝叶伸进窗台所在的屋内，在护栏网尖锐的金属中不断摩擦着干枯的身，有时被关在窗外与花纹玻璃贴面度日，被捆绑着原本伸展的肢体，有时不小心被夹在闭合的窗户间。我不能想象一根枝叶断断续续地失去养分会有着怎样的窒息感，它不会尖叫，呐喊，提出对活动生命体的抗议不满，却是那样沉默静候着，轮过环城南街无数季节的交替，这样的守候默默无闻，甚至还带着无法预料的疼痛。也许是它的母亲交代过，让自己的孩子铭记所有发生在这条街的故事。

偶然间，翻起一个上面有着堆积如山的旧书本的抽屉，手掌轻轻拉住抽屉边缘，稍用力一拉，金属滑轮与塑胶镶道亲密接触，发出吱呀的清脆声响，松弛的环城南路神经仿佛被惊醒，里面有一些零落的纸张，很多是初高中时期与笔友的通信。当我的记忆开始对环城南有朦胧认识的印象那刻起，通信便也从那个时期开始，一些记忆，零零散散，便也融为信的一部分，在那个信件漫天纷飞的年代，我也是其中一员。为了重获一个良好的求学环境，在父母的建议下，我回到初三。在那个曾经悄然离去的高中时期，因自己的不告而别，心总有莫名的不安，于是便给原来学校的文学社社长写了一封信。如今已记不清信的内容，大约是对自己突然的离去回到初三表示深切的歉意，那时文学社刚刚进行了换届，我参与了那次活动，竞选那段时期，我坐在安静地教室内奋笔疾书，纷飞的思绪一点一滴化作笔下的文字，很荣幸地，竞选活动过后我被选为副社长，而他便是我最为尊敬的社长。之前原本共同为文学奋斗的梦想被现实给磨灭了。

我以为他会后悔，会不再认我这个曾经的同学，没想到的是他竟然还回了信,其中一段是这么说的:说真的,对于你的偶然离去,给我带来的感觉是很不好的,也许你这位正人君子的形象会在我的心灵深处渐渐地黯淡下去,心灰意冷,就在它马上消失的刹那,我突然收到你的来信,似乎又雨过天晴那样恢复了光芒,色彩缤纷……很好的社长,我知道他或许有很多抱怨,在他身边最需要助手时,我却突然离去了。那是我在环城南街遇到的第一个故事。不是开始更不是结束,仅仅是人生旅途中转站的停歇。

之后我考上了市里一所普通高中,相对原来的学校好了那么一些,距离家也不是很远,于是每天往返环城南街的次数也增多了,它的白天充满行人与车辆的喧闹,夜晚在年轻与苍老的屋面以及漫天繁星的辉映下显得很温馨,在习习的街面凉风下多了几分神秘感。我很喜欢自己所在的那所学校,虽然它不是重点,但若干年后它会毫无疑问地成为我的母校,没有不爱亦没有嫌弃的理由。

在别人辛苦地为学业匆忙时,我十八岁,喜欢在夜晚写文字。看着窗台外环城南街安静的夜以及在一角探头摇曳的枝叶的身影,在多雨的季节,看着泥地上那些草与树在经过天地的沐浴后欢快地微笑,我知道它们又长大了一岁。而我心头溢满一片茫然。对学业对未来的茫然,一个正常的却又不由自主去考虑的问题。

后来那几年中,不知从何时起,我开始喜欢上听周杰伦的《不能说的秘密》、王菲的《那些花儿》、《传奇》、《怀念》,以及一些被叫褪了色的名字的老歌,喜欢在静默的午夜,一个人默读弥漫于窗外的雾霭,在深夜写那些陈旧的永恒的主题。

也许最惬意的时刻,莫过于这样冷清的午夜,默默怀想闪现在记忆中的那些零散的内容,再用模糊的记忆去拼凑,触手可及的幸福与忧伤,因为简洁而明了,因为繁复而跌撞,因为陈旧而冷清,因为记忆而感伤,因为逝去而铭记,该与不该铭记,在岁月中不断经历与忘记后所留下的

野地上的行走

便最弥足珍贵。

在环城南街上高中那段时期,回想着一次次牺牲宝贵的学习时间去写一些在别人眼里是毫不相干的甚至无聊的文字时,之后我输掉了上好大学的机会,却不曾后悔,这里零散的记忆必须要我用当年的笔去记录,逝去了就不再。而大学失去了大不了重回高四再来一年。那时我总是这样对自己说。

一个女孩与我同在环城南街的一所高中,同一个班,整整两年。

对她最初的印象是高一时,她在讲台上做着班级中英语晨读的带读工作,如银铃般的清脆嗓音,似乎是我在南大街听过的最好听的声音,高一,我,叛逆,孤独。因为我的叛逆,我变得孤独,因为我的孤独,我越叛逆。却每每看着她的身影在心间泛起一股莫名的熟悉和温馨。

灵性。女孩。环城南街小巷。

她住在环城南的一处不起眼的小巷里,早晨骑着自行车灵活地穿过大街拥挤的人流,然后直奔学校。我知道她必须早起,因为肩负着班级晨读重任,那时,班主任对她寄予厚望,这个女孩文静,乖巧,是他眼里安分守己,成绩优秀的女生。那时,我在班中的成绩属于中等偏上,被淹没在众多佼佼者中,在外人看来仅仅是一个普普通通的高中生。后来,在不知不觉中我竟喜欢上她。只是高中三年,直到高三分班时一直未曾对她说出心中的秘密,这样的秘密对于在环城南街仍青涩的我而言无疑难以开口。

临近高考。

我再也无法掩饰心中多年的情感,便悄悄给她写了一封信,不属于情书的一封信,只是道明了心迹,或许是为了了结在这里读书的一个心愿。她回信了。拿着她的回信,我感到一种分量的沉重,于是怀着忐忑不安的心小心翼翼地拆开了那张洁白的信封,白色的光芒如同她的人生色彩。她没有直接回答我直接在信中的问题,而是向我谈及了高考以及之后的理想。记得在高一即将结束时，为了获得她的赠言，我特地买来同学录，传遍全班同学，在写同学录时，她曾谈及自己的理想：医生，还为理想能否实现而隐隐担忧。那时我没有告诉她，自己的理想，或许是通过别的途径，她知道了我的理想：做与文字有关的工作。

由于各种原因，我一直不曾和她细细畅谈过，直到第一年高考结束，一次偶然我找到她的号码，发了问候信息，她说约我出来坐坐，叙叙旧。也许那是我期望的最好结果。那晚，在环城南街附近的公园里，我们坐在游玩铁架上畅谈了两个多小时，没想到以前很少同她有过语言交流，如今却能说得那么畅快。她告诉我，自己考上了邻市的一所普通院校，而我则选择了外省的学校，这意味着以后见面的机会几乎没有了，也许那是我当时一种无奈的抉择。她仍然没有直接回复我的问题，我们都被那晚迷人的夜色陶醉了。回去时，我送她到大街的巷口，不舍地说了一声再见，便匆匆离去。踏上列车那晚，我仍用短信和她说着关于自己的故事，那时我已将她当成一个知己，一个不给我明确答案的知己。

之后的我，离开了故乡，离开了生活了十余年的环城南街，去一个陌生的地方开始一段不光彩的求学生涯，几经周折，却又莫名其妙地回到高四，也许那是早有预料的结局。只是我在环城南街没有再看到那个骑着自行车，在明媚清晨中穿过人群的长发女孩。那个叫朝的女孩。我以为会守候在她身边，而今她离去在人海茫茫中，有些故事还未讲完那就算了，有些心事在岁月中已经难辨真假。

环城南街的行人与车辆仍在日月中穿行着，街周边住宅里的人们安好或躁动于一段平静岁月，我以为人情冷暖会因时间的沧桑之变而变化，但没有，一切都没有变，这里依旧，只是一些细枝末节发生了一些人为变化，但那无关紧要，大街还是原来的面貌，这里的人们仍拥有着一个个数不尽的春秋与冬夏。那些花儿仍开在庭院中，树木枯黄又嫩绿。

往后的几年，两次变故，让我对这里更加熟悉，身影，言语，眼神，姿态以及那些能勾起相关回忆的东西,这里依旧继续着它的小镇热闹,而我总在冥冥中,一种缥缈的感觉,随突然而来大雨与灿烂的阳光穿行在大街的热闹与宁静中。那样的夜,柔情似水,小叶扇在轻轻转动着,我又坐到窗台边,看着绘画着色彩的黑夜,眼前无数熟悉的身影勾起脑海的错觉,似是回到从前,回到一段无忧的童年,一段兄弟之情,一段懵懂的爱,而如今,我唯有在思绪中与环城南街对话。

　　它的那些故事,我还想再听一次,尽管之前已听过无数次,而每次从外地回来一次便会再细细聆听一次,那些梦幻色彩,已遥远得几乎全部脱落了梦的色彩,我之前所为环城南街所绘的色彩。不知道这样的夜里是否能找回以往我所期望看到的色彩,时间已不允许我再次握起手中的画笔,也许我可以用笔写下那些逐渐远去的记忆。如今总是想,假如没有那个心痛惆怅的静夜,没有那轮感伤迷茫的黑月,我不会发下那一生为之奋斗的梦想。从众多友谊中如今几乎只剩下一人,却深深执着于自己的执着,深深痴迷于自己的痴迷。

　　唯一的见证人便是环城南街。我知道仅有它明白。

　　夜,在静谧中散发出淡淡的朦胧色彩,我踏着夜色,沿着环城南街的东边行走,在归宿里流浪,有喜悦有黯然有复杂的无法言喻的感受。在经过楼前那棵槐树时,它仍在夜色里悄然生长,独自演奏一段夜色之曲。车水马龙似乎都已消失,周围只剩下我的脚步的空白,徘徊。还有那些零散的步伐声。

　　多少年后,环城南街依然宁静,如同它年轻时的模样。

第四辑

纷纭世态

视线里的 90 度纵深

涂绘着静谧神秘色彩的夜晚，安静的鼻翼，透过几丝晚冬初春的微寒。在肆意弥漫的冰凉中，神姿有些清醒或困顿。初生的梦境与现实交替中，如若视线里遇到的，某个陌生却又熟悉的人朦胧的面容，从窗台下方擦身走过，转瞬，只剩下背影，远去，消逝，不曾返回。似乎更像不经意时刻中，转瞬微笑与哭泣的表情。那些喜怒哀乐，总会在这一刻定时来临，留下自己，在狭小的房间，独自思想。一场无眠的梦境中，我用呼吸，视觉以及一切内外的感官感知着，这世界，在每个时刻里那些悄然溜走的人事，逐渐知道哪些已无法挽回，哪些留下了不可磨灭的印痕。

每个晨曦的到来总让我隐藏在黑夜的视线，来不及适应白天那些无端的繁华盛景。视线中逐渐显现出的，林立的高楼，错综的天桥，堆叠的民房，迷幻的隧道，迂回的深巷，日夜穿梭不停的车辆，还有那些忙碌拥挤在各自世界里的陌生人，纸迷金醉，疲惫麻木，沉底浮起，伴过喧闹的阳光，混合着霓虹夜魅的气息，在人们平静与动荡的思想间流窜。这样的时刻，有时连视线也变得不真实，迷雾繁华中，一种无端的虚幻在无边生长，蔓延，生根。

这个冬天，潮湿阴冷的深巷氤氲中，隐隐透着一座城市艰难动荡的

野地上的行走

118

发展历程，人们的视线，不分白天黑夜，不知疲惫地流浪奔忙，努力记下生意场上彼此的模样，应酬场上的杯酒交响。却在每个夜晚到来之际，卸下所有，回归寂寥荒芜的梦境。没有结果的煎熬漫长等待，如若一场场惊雷，让我在午夜噩梦般一次次从模糊中清醒，又一次次昏沉地睡去。辗转反侧，来不及遗忘清晨与夜晚一些残缺片段，便被卷入这城市无眠的黑夜，连同身处的小房。才知道，最先看到城市身影的不是我的视线，而是依稀模糊的记忆。很多时候，总是独自躲在只有一扇窗户的狭小房间，昏暗的光线，简单凌乱的居家用品，衣物，棉被，书桌，透着令人窒息的压抑气息。低矮几乎透不进一丝明媚阳光的高度，往上是一道不可逾越的高墙，楼群中，每扇窗户的防盗网背后，隐藏着的那些艰辛或甜蜜的故事。只是很多时候，在高楼胜景碾压下，那些艰辛，逐渐变得沉默。往下的民房深巷的一方空间里，不断路过的陌生行人，安静或喧闹的姿态，我的耳膜逐渐显现其中，这区域内各种无法辨出分贝的嘈杂，沿着清晨的平静开始，经过午后的高峰，直到午夜的逐渐消退，再度恢复它原始的宁静生活。

　　楼角，成群结捆的，无法分辨出来往方向的高压电线，蛛网密布，青苔横生，斑驳老化的外表透着人类现代文明的种种遗迹，错综复杂，环绕在幽深，阴凉泥泞而潮湿的城市深巷，很少被阳光触及的区域，成片紧贴着楼面，整齐而凌乱，一圈圈，一排排穿巷过街的环绕，打结，没有初定的始末，没有限定的轨迹，没有目标的行走，只为一种生活的生存延续。透过清晨上班族悉心打扮的窗台，夜晚温馨却刺眼的日光灯，像流亡在繁华边缘的乞讨者，存在，只为了让人们知道在繁华中还有那些隐藏着，不曾被注意的斑驳。

　　午后蹲坐在深巷街口，寂寞地抽着廉价烟卷。被熏得发黄的指间，粗糙凌乱的毛发，衣衫沾满不知是建房砌墙时水泥星子，还是阴雨泥泞溅到身上的民工，烟雾缭绕，连同这城市投向的鄙夷，不屑，漠视。偶尔冒出的路人匆匆而过的脚步声,扛着生活的低沉隐忍,快步淌过。午后,总会有三两个孩子在深巷那里嬉戏,坐着滑板车,从深巷一处拐角沿着小斜坡缓缓冲下,欢笑,追逐声,伴着塑胶车轮与地板沉闷的惯性摩擦,沉落在大排档的雪白饭盒中。妇女们茶余饭后的嘈杂闲谈,时大时小的争论,婴儿闹心的哭声,突然传来的令人心悸的狗叫声,不知从哪栋楼房隐约传来的习惯性的门锁开关声,金属与木门的轻微接触,恰到好处的嵌入,惊叹人类各种现代发达的文明。西装革履的上班族,在经过一番精心打扮后,迈着轻盈稳重的步伐出门。一楼收购各种废品的农民工,推着已显锈迹的自行车,一身被洗得褪色的迷彩服,长短不一的裤脚,一双沾满深巷泥泞的塑胶皮鞋,高亢嘹亮的嗓门,吆喝着连同城市人也无法听懂的方言。在清晨,午后,傍晚,穿街走巷,从窗台下方经过,由远而近,由近而远,走过两边贴满各种清晰可辨或模糊不清的,斑驳的深巷围墙。自行车后轮两边紧紧悬挂的,两个累积过半个世纪辛酸的旧麻袋。被杂物塞得鼓鼓的,袋口隐约露出锈迹斑斑的锅底,弯折了的钢条,被湿漉空气熏潮了的纸箱,破旧的辨不出模样的家用电器,每走一个路口便拉开低沉嘹亮的嗓门,不知他在这深巷这样呐喊过多少次,人们已习惯将这叫花子般的声音,排斥在生活之外。那嗓门在深巷冰寒的初春空气中,有些无奈的刺耳,如若某些歇斯底里的呐喊。临近深夜,对面一楼的一间面包批发店门拉下卷闸发出的沉闷声,刚新鲜出炉的诱人食物气息,伴着我鼻翼呼出晚冬冰冷的气息,连同这繁华寂寥的夜,再一次孤独地沉沉睡去。

直到宁静的晨曦再次浮上窗户边,让世界重新恢复明亮,似乎昨夜呼吸里的一丝寒意,还遗留在民房成群相挨的长明街灯中,留在几位素不相识的民工身上。窗外不远处的一片区域,城中村民房区与城市的要道,日夜穿梭不停的车辆,陌生行人的步伐,面容,背影。也许城市,就是几百万陌生人共同生活在一起的聚集地。很多次,我行走在各种物欲横

野地上的行走

流,繁华盛景的步行街,琳琅满目的店铺,却不知视线里的喧嚣与浮夸的美丽,如何裹住在寂寞中动摇的城中村的民房。

是谁,在午夜与晨曦交替间将有关民房的故事告诉我。对它,没有缘由的相遇,为何却如此的眷恋,反复自问,我来到这里是要找寻什么,蜷缩在这座熟悉却又陌生的城,在嘈杂而宁静的环境中,像是一分子,又像是被排斥在城市之外的流浪汉,除了思想灵魂以及有限的物质外,我一无所有。仿佛瞎子般游离在城市的边缘,没有任何方向感地行走,只凭借鞋底与大地的亲密接触,融为一体。跟随文明的轨迹旋转。同样的方向与距离,我却用了半世去行走,至今仍未走出一个明白的结果。从视线中走过的那些陌生人,在昼夜的强光或阴暗的光线中,看不清任何人的脸,看到的只是他们用余生去行走的身影,乌黑中泛着斑白的头发,黝黑粗糙的肤色,落满无数岁月尘埃。

记得多年前,我所面对的窗台下,那是一栋普通陈旧的三层楼房,似沉默的石兽般隐藏在远离都市的郊野,这样的楼房,在这片寂寥区域,就这么一直安静地守着那些无关紧要的岁月,独自无人问津地生活。没有任何人工修饰成分的红砖外墙,门窗,被蒙上一层浅厚不一的青苔,斑驳粗糙的楼面,裸露着岁月肆意无情的侵蚀,陈年那些零散的艰辛奋斗信息已无从寻找,只余剩苍穹面容,遗失在郊野的劲风中,宛若风残老者的脊背。冰冷或温暖的情感,背后却是相同的落寞。楼房中间是一圈露天的方形圆环,正中方向的门在任何时刻基本都是敞开着,最上面的一层房间早已空置多年,几根碗口粗的木材置放其中,被灰尘重重包围,已无法分辨木质与地板的颜色,往下的两层是不同程度的堆积着各种破烂:婴孩的玩具,鞋,衣物,它们堆叠在房间阴湿的地板上,因长年潮湿而微微渗出水珠的地板,和那些破烂融合一起,低沉呻吟着。

那里只住着一位拾荒老人,一副东北大汉的模样,魁梧的身材,黝黑泛红的肤色,肢体某处早已长起厚厚的老茧,看上去如磐石般坚硬粗糙,斑白的板寸头，胡须满布的下巴，浑浊不清的目光，让人不禁对他的身世充满各种猜疑，是本身的孤寡还是被狠心的儿女将其弃之城中村，一走了之，只给他留下这栋早被时光抛弃的房子，逐渐被岁月腐蚀着。老人会在午夜时分坐在二楼的一张老旧，木质几近腐朽的藤椅上，透过天花板与阳台有限的视线空间，仰望着孤独的月光，厚实的身板，压得木椅在夜里渗心般冰凉地吱呀作响，直到一切逐渐安静下来，沉沉睡去。

我的房间，离老人所在位置仅一层楼之隔离，任何轻微的翻身或喃语都听得很清楚。半梦半醒间，不知是呼噜还是低吟声，隐约还听到老人间歇性的咳嗽声，塑胶拖鞋不时摩擦着斑驳的地板，一种沙沙的声响，伴过夜的静谧，在楼层间轻盈回荡。普通却不寻常的声响，城市人早已伴着轻松或疲惫的姿态入眠，没人会在深夜听到这声音。我的视线在深夜里长出莫名的繁芜。有时，会在双向高速路或学校门口沿途的路边会看到他，一根破旧的竹竿当作拐杖，背上鼓鼓的旧麻袋，扣着鸭舌帽，默默低头行走。几乎看不到隐藏在帽下的目光，绝望或麻木，却一样为穷苦潦倒的生活奔走。在他行走的那条过道上，几乎见不到人影，沿途走来的人在远远便看到老人，选择了绕道。这对老人来说或许已不重要，只是那顶脏兮兮的帽子在头顶被压得更低，只给视线留下一道仅有的缝隙，刚好够看到脚下的几寸路，继续迈着步子。沿途中，那些从未进入人们眼中的废弃物对他来说如获珍宝，也许老人的视线只能容下这些生活琐碎，并将伴随度过他的余生。人世冷暖，对他来说已是一剂早已失去药效的汤药，他独自行走，缓慢而快速，麻木地躲过那些鄙夷不屑的目光，继续生活。

老人几乎没有朋友，只见到他同我所在的这栋楼房二楼的一位阿婆打过招呼，那是一位居住在民房二楼的阿婆，矮小的身材，穿着被洗得褪色的衣物，她随儿子和儿媳来到这里谋生，便在此处租住了下来，原本他们一家住在四楼，一到夏季，四楼的房间便似火炉般炎热，为了给孩子一

野地上的行走

个相对良好的生活环境,他们一家和房东商量后搬到了背阳的二楼,一住便是三年。儿子儿媳在附近的工厂上班,阿婆留在家照看两个孩子,清晨或者傍晚,她会蹲坐在自家房门,悠闲地抽上几口筒烟,在稍稍满足烟瘾后,走到楼下不远处的街头巷尾和周围民房的邻居们拉家常,年有七旬的老人行动仍非常灵活,像苍老遗风,留守这里生根发芽,她和那些妇人们说着城市人们听不懂的方言,彼此的思想似乎相隔了半个世纪。

阿婆偶尔也会在民房附近捡一些破烂回来卖钱,一次她捡回来满满的一麻袋破烂放在自家门口,不知被哪个收废品的人偷走,为此阿婆生气了好一段时间,一种怒气冲天的咆哮从这身材不足五尺的老人身上传出。她一边对着两个正在房间看电视的孩子歇斯底里般责怪着,一边不断咒骂着那不知名的盗贼。那袋废品或许并不值钱,在阿婆眼里却是无价之宝。她瞪大着眼睛,松弛的嘴在不停咒骂着,像在诅咒世界的不公,为此阿婆甚至还专门跑到拾荒老人那里兴师问罪,在得知是一场误会时才作罢。有时她会同拾荒老人坐在村口,边看着往来的车辆,边用旁人听不懂的语言津津有味地闲聊着,拾荒老人脸上不时露出一丝笑容,与平时拾荒的木讷截然不同,老人的内心世界是如此的丰富,很多时候却被残酷的现实所剥夺,也许只有和自己身份相仿的人相处,才能找回自我。

在视线的另一方,还会看到一个人。清晨,天刚蒙蒙亮时,身着迷彩服,带着一把铁铲来到城中村深巷的一辆垃圾车旁,这样的城市,这样的城中村,这样的深巷,一天下来,那辆绿皮车已被各色废品堆满了,似几座无言的峰岳。还有一些落在垃圾车周围的地面上,凌乱无章,各种文明遗留下的痕迹,同样的沉默却要用只身的力量去铲平,铁铲和深巷拐角的地板不是碰撞,摩擦,在清晨的朦胧中发出清脆声响,一种频率,沿着窗台防盗网的铁条逐渐上升。震动着我,还有大多数还在睡梦中的人们的耳膜。躬着身,细心地将人们倒散在垃圾车四周的废品重新铲回车上，再拖着车离开深巷。反复循环，不知年月流逝的奔走，同样看不清斗笠下的目光，疲倦或精神，往上的那方无限的高度，她看不到，也许也无须看到，斗笠与白色口罩只给她留下仅有的一方用来忙碌的视线。

各种的人们在各自的世界里忙碌着，很多时候，只有在相同轨迹里才会彼此认识，也许一座城市，便是几百万陌生人共同生活在一起的聚集地。我的视线，一如既往地看着他们走过的那些习以为常的却背道而驰的轨迹，繁芜继续在轨迹里生长，为深巷斑驳的楼房，为民工，妇女，老人，更为城市里各自低头匆匆赶路的隐忍的行者。

糟老头

野地上的行走

第一次如此近距离地看到他时是在车辆呼啸，尘土乱舞，残叶回旋，行人匆匆而过的高速公路边，老人身形粗犷魁梧，似是从辽阔东北地域深山里走出的汉子，粗糙的皮肤被午后毒辣的阳光晒得黝黑透红，一张油光满布的脸，宽平的下巴冒出零散却渗着斑白的胡茬儿。

他挂着一根外表被磨出不平整光滑面的拐杖，其实就是从废木材堆里捡起的普普通通的一根木棍，抑或一枝枯柴。一双古铜色的手背皮肤里包裹着激昂暴突的青筋，身着一件白色背心与肥厚的长裤，一身朴素着装，衣物的表面似乎还蒙了一层薄薄的灰。宽厚坚实的肩背还扛着一个大麻袋,袋子的拉链接口处不经意间往外伸出几个破旧的扫帚头,同样依附着一层厚厚的尘埃,塑料袋两边的勒带深深陷入肩头的结实肌肉里,他的衣物,额头,肩背,整个身躯在烈日下淌着似黄豆般大小的汗珠,在光晕的辉映下金灿灿发亮。

老人居住在高速路边一个城中村的民房楼群中。那是一栋三层高的庭院阁楼,整个楼面早已失去水泥光滑表面的覆盖,裸露着一层层形状不规则的红砖,每块砖头都异常粗糙,形同老人的肌肤,蒙着厚厚的尘埃。天台上堆放着如同死灰一般的杂物,似乎几个世纪以来也不曾被挪移过,任凭风雨轮转,恒久凝固,将被铭记,将被遗忘。若不仔细辨认也许无法将杂物与尘埃区分开,对于时光而言两者都是流离失所的孩子。

不只天台,每层楼道的不同角落里都零散地散落着:烂衣物、旧扫帚、废木材,锈铁器以及各种生活遗弃物,所有一切于回忆有关的故事大约在这里都能找到。也许老人是个爱回忆的人,很多时候总看到他的身影出现在附近的街头巷尾,背一大麻袋,躬着厚实硬朗的身躯,紧握着一把长长的铁钩,步履蹒跚,神情专注地在废物堆里找寻着什么。

不时有车辆与行人从老人的身边经过,当车辆逐渐驶近他身边时,司机会不断鸣着急促而显得不耐烦的喇叭,由于前方的阻碍,司机不得不缓缓减速,然后方向盘打着 C 字线慢慢从老人的身边绕过,再猛踩油门加速,慢慢消失在高速路前方的尽头。过往的行人则稍稍与他保持着一段距离,皱起深深的八字浓眉或弯眉,随即捂住嘴鼻。匆匆走过。虽然所处地段是郊区,彼此的生活水平起落不大,但人们还是对眼皮底下这位浑身散发着难闻气味的不速之客投去鄙夷不屑的目光。但老人似乎对周围的一切无任何感知,只顾弯着腰,捡着在风尘中乱舞或安静凝固了的杂物,那些被人们遗弃在匆匆岁月里的东西,在他浑浊却清澈的眼里却似珍宝。

就这样,半天时间过去了,他背着满满一袋杂物,一只隐伏着老茧的手紧紧拉住粗绳勒带,另一只手挂着拐杖,迈着无规则的步子绕过明媚阴霾交替的巷子,一条来回距离不到百米的巷子,他却似走了半世纪般漫长。好不容易回到自己的屋檐下,将那满满一麻袋杂物稳稳地拎到屋内,然后轻轻放下。厚实的胸口不停起伏着,嘴里还在大口大口喘着粗气。

楼房外门口左右两面的墙根也有堆积如山的杂乱物:腐朽的木材,发霉的布袋,残缺的扫帚,偶尔还能看到几只黑头苍蝇在那堆杂物堆上嗡嗡地跳着回旋舞,楼面的天花板上一片如午夜梦境的漆黑,不知灰烬在那里已静静地安家了多少个日月,若是身高足够的话,可以伸一根手指在那片黑乎乎的灰中尽情绘画。曾看到农家灶房上方的瓦片被炊烟熏得一片乌黑,不时会闻到一股熟悉的煳焦味,仿佛进到一个望不到边际的空间中,看着自己逐步成长成熟,直到老去。记得梁实秋有这么一句话:老不必叹,更不必讳,花有开有谢,树有荣有枯。也许就那么安静地等着自己的老去,如同居住在孤独楼房里的他。

在进到楼底后,那扇门也被随即关闭,除了偶尔在路边看到他捡杂物的身影,平时很少见他进出那扇陈旧的大铁门,甚至不知道楼内外的世界究竟有何不同。第一次看到他时,以为是捡破烂的无家可归的甚至有猥琐嫌疑的老汉,经过他身边时还会产生莫名其妙的不安感,这种不安源自繁华都市郊区里潜伏着的各种动荡因素,一种潜在规律便是越是繁华地带的边沿郊区越显不安全。

开始对他还怀有警惕心理,后来经过那扇门时偶尔会看到他进出的身影,才知道是此处的居民。很多时候只看到他孤寡的身影,闲暇时便挎着一个大麻袋,沿着高速路边,一双浑浊沧桑的眼不时找寻着有价值的遗弃物。生活中有些物品随着记忆被遗弃了,他却不厌其烦地将那些遗物如数家珍般捡回,日出日落,岁岁年年月月,终如一日。"木犹如此,人何以堪。"他却在难以重堪的岁月里甘当一位被忽略的角色。

终日伴随的只有那破旧的麻袋以及不成形的拐杖，麻袋的底部由于长期与粗糙地面摩擦，上面的花纹已模糊不清，在重物的下压中显出薄薄一层影，随时都有可能破袋而出，那拐杖便是扫帚的竹竿部分，最底部已开裂，几根竹渣不经意地往外冒了出来，似苍穹之木的根基，错综复杂地缠绕在一起却始终屹立不倒。

　　刚开始以为他是个哑巴，终日悄无声息地低头捡破烂，因很少看到他与周围的邻居沟通，事实上在那栋三层高的楼房中是看不到任何人的，除了他魁梧的背影。我总在想，他是不是孤寡老人，又或许被狠心的儿女抛弃，又不想被送去敬老院，只好孤身居住在这城中村的阁楼中，也许那里是伴他走过岁月的风风雨雨的老家，也许原本一家人曾共居于此，眼看着儿女日渐成长，自己却日渐衰老，但心里却是甜滋滋的，儿女们的幸福便是老人全部的幸福了。而年轻貌美，身强力壮的儿女们无疑嫌弃这样一位老汉，嫌弃他所有的一切，连同他身上散发出的难闻的气味。于是全部搬到繁华美好的市区享受高品质生活了，只留下老人孤身一人。

　　很多个漫天星星闪烁的夜里，总有一种机械的运作轰鸣声若隐若现地从那栋老旧的楼房里传出，似手扶式拖拉机的马达发动声，沉重地，一下一下直凿进每个夜归人的心，在寂静的夜里，那断断续续的声音又有些像厂房的机械加工运作声，嘈杂刺耳，似野猫在静谧夜里的沧桑的呐喊，似沼泽里的呜咽呼救，久久地回荡在被涂满了漆黑的巷子中。

　　记得我曾在无意间看到满满的一盆生鱼肉被摆放在楼内的一块空地上，想到夜里发出的轰鸣声，也许那是加工鱼肉的机械，却始终无法得知确切的答案。某些时候从附近另一栋楼的窗口望去，不经意间总会看到很多旧鞋横七竖八被扔在楼道角落里，有的还堆了满满一屋子。那些被人们永远丢弃的破旧鞋子就这样被他从不同的地方给捡了回来，似孤儿找到了温暖的归宿，但那归宿绝不是他父母所给予的。从被遗弃那刻起已被注定了一种悲戚的命运,幸得有这么一位与它们同病相怜的老人,将它们悉数收容,即使是被世人遗弃在岁月中。

后来,由该市各校大学生志愿者组成的城市卫生检查组前往本市郊区的民房进行卫生死角排查。他所居住的楼房成为重点检查对象。因此处废旧物堆积如山,大学生检查小组足足花了一天时间才将那些废物整理出来,足有几十公斤重,大家惊叹这么小的一所楼房里竟藏着这么多在岁月中悄然无息遗留下的痕迹。

当那些杂废物被搬上车将要被运走时,老人却意外地从内屋里拄着拐杖步履蹒跚地走出来,一直走到装载着满满一车厢废物的车子后部,然后与卫生检查小组人员发生了争执,还不断尝试伸着一双青筋暴突的苍老手臂将那些已被装车的废杂物重新卸下。原本之前在楼内检查时老人那张黝黑的脸上便已显出一副不满神情,看着陪伴自己多年的爱物被陌生人毫不留情地搬走,是怎样一种撕心裂肺的疼痛,此时再也按捺不住情绪了。那一刻,他与检查小组的人几乎要大打出手了,一个七旬老汉竟有如此力气与勇气,让在场的人都为之惊讶。

后经过协商,检查小组答应只搬走楼内的部分杂物,因为那些长年累月堆积的杂废物有可能会对周围居民的健康造成影响。并半似提醒半似警告地对他说,今后不得将废物堆积在此。

那也是一直静静隐藏在民房群里的楼房最惊扰的一刻,检查过后那里又恢复了以往的宁静,似乎从未发生过。

人们依然会看到一个背着破旧麻袋,拄着拐杖,步履蹒跚的老人沿着高速路边慢悠悠地行走着,一只长满老茧的手里紧紧握着一把长长的铁钩,寻找着他遗失在斑驳岁月痕迹里的沉重的记忆。

野地上的行走

地下铁

　　一座城的主要筋骨脉络除了地面上四达八通的公路，碧天云层里穿行的飞机及浩瀚无垠的大海以外，在地底，还有一种高速奔驰者，那里似一个小城市，奔驰者由一圈环线和一条穿越的直线连接起来，还有无数个中途站，每个上下车地站点便是一个小镇。

　　它会穿过这些站点，到达不同的目的地。它是这城市中最隐蔽的默默穿梭者，似真皮组织下的青筋血管，不断为这城市输送着新鲜养分。一点一点，却从不间断，它披着一身银白的铁袍，在那椭圆漫长曲折的轨道上快速奔行，穿过通明或闪烁的空间，累了便在灯火闪烁的中途站停歇片刻，待接到新起程的指示后重新出发。

　　隐藏在地底的隧道空间，悄无声息，眼光映射不到，却带着一身强劲的机械生机力量，似永不疲惫的夜精灵于漫漫夜色中打着照明灯，在执行着上帝给予它的任务。没有怨言，没有轻狂，没有盲目，带着忠诚满载由不同角落进到同一站口，怀揣不同目的的人们去往他方，这大约是在地底最美好的行程。

　　火车顶着日月星辰在漫长的轨迹上不知疲惫地奔跑，地铁则在幽深微暗地狭小隧道空间里穿行，由慢到快，再由快到慢，如此庞大笨重的长长身躯却似阵风一般拂过每个陌生搭乘者身前的一方纵深轨道,缓缓减速,停靠,等待下一个陌生的邂逅。似乎想透过城市纵横交错的脉络窥探它喧嚣繁华却又寂寥落寞的心。

如果说外面的世界是个大城市,那地铁便是城中村,一条斜向角四十五度,铺就着碎花纹大理石的楼梯一直延伸向最里面,仿佛一座深不可测,令人头晕目眩的迷宫,神秘却又令人如此向往。我所在的城市是个经济高速发展的繁华都市,人类文明高度聚集之地。也许一座城市的发达与否只要看它的楼群与交通,这城市中,仿佛一夜之间一栋摩天大厦便已悄悄拔地而起,可望而又不可即,倘若没有亲自触及也许只感觉到是虚幻之景。"我欲乘风归去,又恐琼楼玉宇"大约便有此境界。

地铁站口冷清而又拥挤,从清晨到黄昏。而黄昏时分却是地铁站台最热闹的时候,所有的中途站都站满了人,电梯那处还站着上下的人群,人们在中途站中来回走动,或悠闲自在,或焦急不安,有的向东走,有的向西走,有的边掏出手机讲电话边不时望向空荡的隧道,有的挎着公文包一副焦急不安的模样,还有几个学生模样的孩子靠墙站着,耳朵里塞着 MP3,一脸的陶醉。大约过了几分钟,地铁终于拖着沉重的身躯轻盈快步奔来,从无数焦急等待的人面前掠过,然后缓缓停靠下。

车上的人前脚刚下,早已站在站台上焦急等待的人后脚便马上跟上,新来的人依然向东或是向西,南来或是北往,然后接着再来下一批。似乎从不间断停歇。事实上,一座大城市的文明进程便是在这样的环境里不断竞技发展。

到目前为止,我只乘坐过一次地铁,那次前往市区的图书馆购书,有幸与地铁来一次亲密接触,地铁入口的斜梯走下之后,两边的墙面上尽是显现着这城市经济实力的各类广告,一个接着一个,令人应接不暇。看着广告上那些耳熟能详的明星身影,灿烂迷人的微笑,婀娜多姿的身形,给那被各种灯光装饰得光怪陆离的地铁站又增添了几分休闲时尚气息。只是不知道那些焕发着耀眼光芒的明星的微笑是否能真正温暖人心?

由于第一次乘坐地铁,进了站口后似乎走进迷宫,南进西出,东出北进的通道几乎覆盖了地铁站各个角落,四通八达,难以寻向。看着站内标出的各种醒目的提示语,配着不同程度光亮的照明灯更让我感觉这是一个光怪陆离的小城市。

搭乘地铁的人们大部分都是当地人,他们之中或是公司老总,或是白领阶层,或是普通职工,绝大部分都是打工一族。那时看到一位身材魁梧,皮肤黝黑,满脸胡茬儿的汉子,宽厚结实的肩膀上挎着半身大的长途包裹袋,由缓缓停靠下的地铁上走下后,往人群中一钻便径直奔向往上的电梯处。由于背在身后的行李包过大,不时会磕碰到站在他身后同搭电梯的人。大汉却只顾看前方的路,并没有注意到周边的情况。

"前面的大哥,注意看着点!"

不知谁提醒了这么一句。旁人虽也在上电梯,却在他身后退以几步之遥,保持着一定距离,似乎不想被这彪形大汉的包无意撞到。尽管是无意的。由于地铁站内人声嘈杂,大汉似乎没有听到后面的人说话,便也无任何回应。我却感觉到从旁人眼里透出一股厌恶气息。

与火车漫长行程不同的是,地铁一趟行程往往是短暂的,在火车里也许可以欣赏沿途上的风景,可以任凭自己的心情描绘出不同意象中的景。而地铁行程的短暂往往来不及细细揣摩时却已停靠,唯一能勾起人们无限遐想的只有被快速行驶的列车幻化成缤纷光影的各种广告牌,隧道也因这些被挂在沿边的广告牌所散发着微弱的光衬托,而显神秘。

狭小的车厢空间,一群陌生的熟悉人总在不经意间相互对视,似初遇与告别,在奔驰与停靠不断交替的列车里。人的互相熟悉大约也是从最初陌生的眼神开始,一点一点地被窥透,于是很多时候我们总不愿自己的眼神被陌生者犀利地捕捉到,特别是流离失所的眼神,相对而言,我们更愿意让亲人看到自己脆弱的一面。那位彪形大汉也许从未与周围陌生人有过眼神交流，只顾匆匆赶路，因此多了一份误会。

地铁的车厢里，人们的眼神也许会相遇，但这种目光多数是空洞无解的，陌生的彼此，萍水相逢也许不需深切交流，压根谁也没在意谁，这只是在行驶的地铁里，用不了多久，他们便各奔东西了，所有的相遇与别离都在悄然无息地进行着。生命中有偶遇的转身，但这毕竟只是少数，自身的烦恼也许已顾不上周围陌生人的感受，也因悄然无息，严格来说是不存在的。

人群中的绝大多数只是彼此生命中一个未被注目过的"流星"，在乘坐地铁的繁忙与困顿间不知不觉地来了又走了，对彼此的生命毫无影响。每天都有许多这样的"流星"擦肩而过，这种转瞬即逝的光似乎毫无意义。

但并不是每颗"流星"的光环都带着梦幻色彩，地铁站那光怪陆离的空间里到底隐藏何种复杂？那是我曾看到的一幕：在地铁站内有几个高瘦的男子直接从对面跑过来，然后有意无意地靠近一位女子，从眼神里可以看出，女子与那几个陌生男子根本就不认识，她大约也意识到那男子不是什么好人，旁边就是入口却非要跳栏杆，就在她想快步离开这是非之地时，那男子竟大呼女子是他爱人，并说她几天未曾回家，背着自己在外面做违背妇道之事。男子一副气愤的神情，硬拽这女子的手，一副要强行将她拖走的模样。

过往的路人却只是好奇地看着眼前的一切，竟无一人上前过问帮忙，任凭一位陌生男子拽这一位陌生女子的手臂，在那里拉拉扯扯，僵持不下，不知情者也许会以为是两口子在打情骂俏。

男子嘴里还在直呼女子快跟他回去，话语间还透出一股愤怒凶光，女子一直反抗并反复强调自己并非那男子的爱人。这一幕就活生生地发生在这繁华城市的地铁站中。路人像在看戏般看着眼前的一切，也许人们还未曾了解这究竟是怎么一回事，也是同是陌生的彼此相互并不了解，怕为自身带来不必要的麻烦。

人们建造了这么一个光怪陆离的地底空间，不得不为这伟大的工程赞叹，同时亦为它的神秘复杂惊讶。喜欢地铁奔驰的时速所带来的轻盈，亦担忧一些复杂幻象的突发。

就像这地铁环线，在繁华大城市的地底奔驰者，无法计算的行程，主角的不断变换，路线却在重复。也许有一天我们都能放慢匆忙的赶车步伐，为陌生的彼此伸出援手，但问还有什么比这样的结果更能满足？

年味

夜市

临年的夜晚，人们三五成群漫步在萦绕着热闹喜庆氛围的广场上，人群里有多年交情的老友，有四世同堂的一家子，有搀扶过夕阳红的金婚老人，有山盟海誓的年轻恋人。人世中亲情，爱情，友情此时交融在广场浓浓的节日氛围里，久久地飘荡在夜市的半空中。

脸上绽放着流光溢彩的人们牵手几代的爱一路前行，与彼此的爱诉说着昔年的点滴，日月里的奋斗与沉沦。

夜幕还没来得及为小镇披上一层轻纱睡衣，鞭炮那噼里啪啦的清脆声先登上夜的舞台，化作爱的宣言，化作新春的报喜，化作点缀的色彩。

大街小巷，那一条条青石楼板，光滑的水泥路上行人却不知了去向，正当我纳闷时，楼层的格子窗里传来轻盈的笑声伴随着久久回荡在房间里贺年道喜的祝福。

漂泊外地的游子，历尽艰辛打工日月的务工人，相隔两地盼团聚的亲人在洋溢着喜庆氛围的夜市里默念着心中恒久不变的爱。

浓郁的食味伴着夜市轻柔的抚摩，将冷空气重新净化，将灵魂温暖在一起。

鹅卵小道

南湖边上，年轻的男女牵着手漫步在夜幕下婆娑的鹅卵小道上，轻盈的湖风贴着粼粼银光的湖面在流浪中努力爬升，却被花岗岩雕砌而成的纹路栏杆阻挡，一个不小心将满心欢喜的情绪溅落到这对年轻男女的脸上。

女孩温柔的眼神中流露出对爱情的期待与渴望，看着身边紧紧抓着自己小手的男孩，满心甜蜜写在脸上的幸福微笑中。她更依恋这浓郁欢庆的美好时光，湖面泛动着粼光洒在女孩半边脸颊，幸福的微笑在夜色里被清晰记录下。披肩长发随着从湖中拂来的风，在香香的冷空气里漫舞。

那笑雕刻在杨柳的背影里，永不凋零褪色。任世间沧桑，四季轮转，却也铭记下与爱人执手走过的湖边。

"亲爱的，你知道吗？美丽的南湖流传着一个美丽传说，湖边这条长长的鹅卵小道是湖底的月光老人用红线铺砌而成,要不我们牵手走过去吧!"

男孩说着。

"真的吗?"

女孩有些惊讶地凝望着身边让她无比信任的男孩。

"傻丫头,当然是真的,走过这条长长的鹅卵石路,我们的爱情也会天长地久。"

男孩只是微笑着点点头。

就在女孩要踏上去时,男孩突然说了一句:"等等!要光脚走……"

于是两人光着脚丫轻轻地踏在那冰凉光滑的鹅卵小道上,一步步向前走着……尽管女孩感觉自己的脚被坚硬的石子刺得痛痒,却仍微笑地与男孩走着。她坚信心中的梦想。

这对年轻男女的心在小道上已被烙下:执子之手,与子偕老。即便有"柔情似水,佳期如梦。忍顾鹊桥归路"的空期盼,却再也不能让这对年轻恋人分手,因为他们走过了爱情宣言的长道。

许愿灯

在那浓浓喜庆氛围到处洋溢的夜空气里,点点星星之火从平地升起,似炊烟袅袅,似薄雾缭绕,似芳花绽放。幸福的人们在夜市里买来一个个漂亮的许愿灯,以烛光的微笑撑开灯罩那青纱般的身躯,将来年绵绵的祝福与爱意统统融进灯芯中。

或许它便是幸福人们手上的阿拉伯神灯,将喜庆的好运带上夜空,悄悄向夜精灵诉说幸福彩桥上的相聚故事。

一盏盏五彩缤纷的许愿灯,在人们默默祷告中悄然升空,红的,粉的,蓝的,鼓鼓的身躯向流光溢彩的大地招手。它感谢年轻男女,老幼亲人将自己作为梦想载体,飘过夜市通彻明亮的彩灯辉映,荡过清晰眸子里的凝视。

"宝马雕车香满路,风箫声动,玉壶光转,一夜鱼龙舞。"我想到这喜庆节日里的灯是不是也在主人的愿望里众里寻他千百度,蓦然回首,那人却已不在灯火阑珊处。或消失在茫茫人海,或被许愿灯带上云层了。问苍茫大地,许愿灯飘往何处?

一盏灯,无数个心愿,从拱桥上,从湖边小道,从爱它的人手里,从苍茫大地上缓缓升空。

孩子们在烛光里许下童真的愿望,大人们在烛光里许下成熟的心愿,亲人们在烛光里许下团聚的心愿。

烟花

这转瞬而逝的美丽事物点缀着苍茫大地,从这座城市不同的角落争先恐后蹿上夜空,只为一展美丽绝伦的容颜,烟花的色彩已不能用流光溢彩,五彩缤纷来形容。

想到"烟花三月下扬州"别离惆怅的美景可以成为喜庆的主角,带着长长的,摇曳的尾巴从不同的角落蹿上共同的夜空,绽放与消逝着。那永恒身姿便也璀璨地铭刻在幸福人们的脑海里。

烟花是幸福的,不是因为被幸福人们遗传的幸福因子,想那金碧辉煌,红釉柳木的帝王宫殿里,它曾是帝王们用以喜庆节日的点缀物,只是那时的它却是不幸福的,深宫中的钩心斗角,争夺王位已让烟花在绽放时不能感染人们。

中华五千多年历史长河里,烟花一路相随,见证了人世沧田变幻,世

野地上的行走

事风云涌动,却也目睹了人们是如何相守住这容易又艰难的幸福。

烟花说,幸福是当我蹿上万丈高空后展示绝伦美丽时,即使如昙花一现,灰烬洒落时我已看到世人幸福的微笑。

烟花说,幸福是我能很荣幸地成为喜庆夜空舞台上的主角,即使是一种耗尽自我姿态。

烟花说,幸福是当我用尽周身力量为夜空带来缤纷光芒时,照亮夜空同时也提醒匍匐在大地那些苦难伴随的人们,告诉他们,原是一团团灰黑粉末的我,竟也可以于夜空中翩翩起舞。

文艺会演

广场中央一个偌大的舞台上,一幕幕精彩绝伦的演出正在这里即时开幕,那舞台的灯光变幻莫测,幕布在夜风中轻柔飘荡着。它说:昨夜西风凋碧树,独上高楼,望尽天涯路。它凝视着台下大千世界里无数张陌生面孔。

舞台用它的装饰与表演吸引了广场上成千上万的幸福人们围观热闹,即使有不幸身世,往台下一站便会久久地沉浸在歌舞升华的温馨,欢喜,幽默演出中。不会在喜庆的氛围里四顾茫茫,万感交集,无可告语的影子四处飘荡。

主持人那鼓动人心的话语随着舞台四周的扩音音响被无限放大,感染着自己,更感染着台下无数的观众。

舞者全身心投入的演出,在缤纷灯光点缀下,脸上洋溢着幸福的微笑,他们舒展纤细灵活的身姿,或站立,或行走,或回旋,回奔跑。只为在喜庆年夜里为那些幸福或不幸的人带来新的视觉盛宴。

舞者幸福便也能带给观众莫大的幸福,他们知道若没有台下那无数双关注的眼睛与神情,只有寂静孤独相伴。共鸣的舞曲只有群体才能欢跳。

我在年味里品尝着夜市的热闹与相聚,鹅卵小道的爱情宣言,许愿灯祈祷团聚,烟花短暂里的永恒,文艺会演的共鸣节拍,终于明白年味是大爱里等待萌芽的种子。

初夏

一遍又一遍地翻看着厚重的日历,嗅着纸页中漫长而又短暂的匆匆日子行走的步伐,扬起那滚滚红尘,在平静里潺流不息。一丝躁动与宁静交替在午后的闲静空气里。这是一个心之所向的灿烂季节。

日历指向农历三月初九,谷雨还未来临,我走在校园热闹或冷清的广场上,仍穿着冬末里遗留下的外套走在明媚毒辣的阳光中。初夏的突然来临让我来不及脱换。衣裳的毛面被艳阳烤灼得微微发烫,背后感到一种温度在上升,连同这偌大广场的身躯也在阳光下变得躁动,此时的它会不会渴望扬州三月里那场无风的淅沥小雨?

我在这初夏的季节里背着黑色的挎包,穿过车辆或缓缓停下或呼啸而过的高速公路,踏过笔直的长长大桥,亦走过那片被初夏午后的艳阳照射得蠢蠢欲动的广场。

野地上的行走

这初夏是个容易躁动人心的季节吗？

我坚定却带着迷茫的脚步行走在熟悉的教学楼道里，行走在车辆呼啸而过的带叶清风中，白色的鞋染上尘土却又被不羁的风悄悄拂去，洁白得如同被漂白粉末浸染过。

如果说飘雪与落雨的冬能让人变得安静，明媚阳光普照的夏季却带有那么一丝躁动。年复一年的日子总在周而复始里开端与结束着。也许这是一个心始终无法安静的季节，有人懵懂，有人成熟，有人仍不知所措独自面对着这安静似水的流离季节。

想到清明的纷雨过后必然会迎来明媚灿烂的光，我怀恋却又害怕看到这光。刺眼的它会将我的理想带向游走躁动的空气里，于是那句"理想丰满，现实骨感"的话再次浮现脑海。终不愿看到一个颠沛流离的自己游走在城市的繁华角落，不知所措地在初夏里一日日被世俗逐渐染得成熟。

成熟，在我印象中一直是个神圣而不可捉摸的词，什么时候当自己如往常一般回到熟悉的地方时却已听不到孩童天真的嬉戏声，只看到那些年长者带着亲切和蔼且期盼的眼光凝望着陌生亲人的我，那个在他们心中经历初夏后变得成熟的我。

那翘首的目光中多了一份信任与依靠，这是对我的肯定吗？ 生活在匆匆而过着，我已多久没窥视内心逐渐满溢的那一潭湖水，再次回到那里却发现湖中已悄悄落满许多时光的落叶。

它们静静落在湖中，也许是在等待来年那个灿烂夏季的到来。

初夏是一个安静的夜晚。那晚却与鹰谈及理想。站在空荡的天台里，两个曾经一路相伴的同乡好友，一起走过充实紧张的高三岁月。以鹰的成绩原本不应来到这所学校，当初却因志愿的填报错误而阴差阳错地来到这里，那个与我既是同乡又是同校同学的男生。

那晚，我们说终也是快离开校园生活的人了，却在怀想着什么。还记得我初到广州时晕头转向的怯弱吗，受不了繁华的喧嚣，亦按捺不住孤独时光的煎熬。那时，我好奇地望着车来车往的高速路，带着一份敬畏虔诚的心，以惧怕的目光尝试度量着一眼望不到头的路面。

如今已没了那份恐惧，看着一辆辆呼啸而过的车，在它后面的一股久久弥漫的旋风中，落叶在跳着初夏的回旋舞。似眷恋那些相伴走过的日子。

在这样的初夏季节里，我于慌乱的内心中找寻现实的安定。想到萧红，那个在文坛里逆叛起身的身影，一生却也居无定所，漂泊在多个陌生国家之间。不知她如此一位女子在荒乱繁芜的内心中如何度过躁动的初夏，她是否如女巫般独自静坐在文字里疗伤。不免想到初夏是个容易让人流汗因而变得躁动的季节，却又是一个适合在汗水中疗伤的季节。

我游离在热闹与喧嚣交替的校园里，寻找遗落在梦中轻盈与沉重的步伐。那个曾经梦之所向的自己是否会在这个初夏里变得成熟。人不能不成熟。成熟，意味着一种新生状态，想到从诞生那日起的自己便一步步迈向成熟，也许未等自己在初夏中寻到容身之所时，成熟的雨滴早已溅湿我全身。

想那成熟以后便会变得沧桑。于广州学习生活了近两年，当在某个不经意间听到身旁的同学朋友说到自己已显沧桑。一副惊叹不已的表情，记得父亲在一个平凡的日子里对我说：你需做一个顶天立地的男子汉。也许真的应该如此，只有变得成熟我才能成为他们的依靠。这意味着初夏里我必须接受蜕变所带来的疼痛。

我想我应该变得成熟，却不能将沧桑搅进。

初夏的广州郊区同样如市中心般热闹喧嚣，在这样的季节里不断扪心自问：初夏之前，是什么让我选择来到这座城市？记得儿时小小的自己怯怯地憧憬，十来年后梦想去到一座繁华的城市，并且要在那里读上梦想中的大学。

野地上的行走

几年的艰辛来回反转,终也实现了梦想,虽然与儿时的原始梦想存在一定差距。我知道自己已在之前无数个初夏中将内心所想的拥抱过。

　　初夏过后,曾经的彼此若还能再次相见是一种缘分,亦是我所期待的结果。虽然一首《七月》将初夏后不久的分离演绎得那般凄惨,我却想在微笑中与它握手。

　　天下无不散之筵席,也许有一天会离别,却会铭记曾盛开在初夏里那个梦开始的地方。

无关繁华

　　不知什么时候,盛夏光年的影子在一点点缩小,好像在冬天里让被褥裹得紧紧的苍穹大地。我看见它遗留下的斑驳,如水银泻地般零散地铺了满满一地。有时走在晨曦与夕阳的宁静清风中,我在自然呈现出同样的红晕里,脑子会出现突然的空白,像一件悬挂在白衣飘飘年代的衬衣,更像被久远时空抽走了魂魄似的,如一个神经麻木,目光呆滞的傻子,不知自己于何年何月,仿佛游弋在穿越的虚幻时空中无法驻足。

　　在我所生活的世界中,这是一个繁华喧嚣之世,而我所处的城市则是一座现代化的南国大都市,虽然此处距离繁华的市中心还有近一个多小时的车程。有种说法便是由于近几年人口大规模的迁移,于是繁华也随环境的变化而变化,繁华的方式也悄悄在相对偏僻的城郊里变得多姿多彩,甚至有泛滥趋势。小时候在乡村城镇,听那些上了年纪,在整个家族中具有一定话语权地位的叔叔大伯活灵活现地讲述着有关大城市的故事,那是一座如天堂阿房宫,人间圆明园的城市,拥有着怎样的繁华美好:如错综复杂经脉般发达的交通,高耸入云的摩天大厦,还有具有高素质文化的都市人。光是这些已让我这个晚辈羡慕不已。想起在那个怀旧年代中电影《黄飞鸿》里,金发老外在描述美国旧金山时那夸夸其谈的场景,那是对繁华无比向往的我还未有分辨能力,听长辈们如此一说,再加上所谓的影视印象,我死死地盯住他那双满是沧桑却闪现着荣光的眼睛,生怕错过最精彩的有关大都市的故事的情节。

那时的我还未懂得在都市华丽盛景的后面还有错综复杂的,让我始终无法理解的关系。那年高三,我二十岁,坐在教室的复习间余,在早已被各种系统理论知识灌得沉甸甸的大脑中却还在尽情想象着有关繁华的美好,繁华原来如此吸引人,它如以让我在一次次疲惫不堪时忆起,在瞬间便豁然开朗,似乎来到了世外桃源,生命中不能承受之重便是繁华的向往,却在当时只能如镜中影,水中月。其实,在我向往繁华的那段时期,真正的落难还并不算是学业上的压力,气候的炎热,而是仿佛身处未知的茫茫大海,连眼前的对手都不清楚,如蒙着眼在热带雨林中穿行探险者,心中不免慌乱,愁苦,亦望不到未来究竟如何,更看不到繁华身处何处。

当我从一个被周围的人们提得滚瓜烂熟的时期翻过身时,偶然间发现周身的天突然变得明亮起来,隐约记得当初高考在选报志愿时,我的心里只有繁华,所报的学校也不应失去它。终于,我如愿以偿来到了繁华都市,在那些充满着非家乡语言的大街小巷中漫无目的穿行。

好奇地望着从高架天桥上呼啸而过的车,桥下是大片繁华的都市盛景,于晨曦与霓虹中的精灵,每一处都有故事,有着等待我去探究的惊喜。地铁站里的光怪陆离,站在等车门口处,隔着贴满各种广告的玻璃,看空旷的黑乎乎的隧道忽地被一辆带着惯性机械声响,呼啸疾驰而过的列车即刻填满,这是地底的庞大精灵,它奔走在没有白天黑夜之分的隧道中,完成从一座城市到另一座城市的穿行,悄然无息,地底下的穿行原来是一件多么畅快之事。看那高耸入云的大厦,我总是羡慕般仰头望着它,什么时候能站到最高层一览城市的全貌就好了。

喧闹,奔波,游弋,与白天中的亢奋形成鲜明比照,每个夜晚,我都形同孤鸿般游离在城市的边缘,看着繁华的街市并以参与者的身份融入其中。那一年,我大一。我总是想,自己所欣赏的繁华绝不是张爱玲笔下那袭爬满虱子的袍,而是满心欢喜的盛景,在盛夏光年中争相怒放,只是这样的繁华没有人与我共同分享。

那时,身边的同学半开玩笑半认真地劝我找个红颜知己便什么孤寂都解决了,内向的我却不知怎么去和女生说话,要知道当我一人享受着繁华时是不需要沟通的,独自与繁华为伍的日子里,我过得轻松自在,只是终究还是孤身一人,那年我大二。渐渐地我却发现城市里的繁华并不属于车辆呼啸而过的天桥,而是属于沙尘飞扬的工地里的那些人,任凭这世界如何的繁华喧嚣,他们只是埋头苦干,用起得比鸡早睡得比狗晚来形容再也合适不过了。很多时候,中午烈日当头,当我拖着有些倦意与饥饿的身子走进处于郊外高速路边的饭店时,店门外不知何时早已停泊了很多新旧不一的摩托,里面满是肤色黝黑,面红耳赤,大汗淋漓的客人,坐满饭店的各个角落,手臂上清晰可见的汗毛,裤脚长短不一地搭在鞋面上边,裤子上还沾着斑斑点点的泥泞,却也全然不顾,只顾伏在饭桌边,握着碗筷,狼吞虎咽地扒着碗里白皙的米饭,似乎刚被从荒漠或极地中救出的受难者,看吃饭的模样,他们似乎已经饿了三天三夜。还有的在不停地来回走动,催促着正在昏暗狭小厨房中忙得乐此不疲的老板,老板随声附和着,我想他的心里一定美滋滋的。每天中午时分,饭店如此繁华,生意兴隆也许才是他所追求的。

外面世界的精彩纷呈和他的小饭店没有直接关系。那是我总是想自己的繁华会不会比这些在店中吃饭的民工廉价,他们的日子虽然过得贫苦,别说享受,就连繁华是什么也许都未曾知道。这也许是一座国际化大都市的后遗症,拥有了繁华盛景的美好,却留下一群永远不属于繁华的人,我不知道自己算不算繁华的边缘人,在这座城市中我的确处于边缘地带,并始终以一种无比向往的姿态在追求着繁华。

有时总想,假如有一天我也成为饭店其中的一位民工,是不是意味着与繁华无关的日子所来临,以及未来的萧条。到底什么是繁华,什么又是寂寥,繁华属于旧上海那灯红酒绿,欲望涨满的夜,躁动的人心,那样的年代也许早已成为历史的墓志铭。繁华不过是在自己的自由支配时间里做着与自我情绪相关的事情,一切随心。

当度过了某个时期,我突然发现面对繁华,已没有了勇气去面对,越在后面越显得胆怯,那些为了更好地为繁华保温,我在学校附近租了房,和一个同年级的老乡同住,当我在无意间提及有关繁华时,他说所有的繁华不过是装饰的表象,属于罂粟,让人容易上瘾,就像被煮熟剥去蛋壳的鸡蛋,被吃掉或风化成空,追求繁华始终是个高风险的梦,我总是想,这是一个奇怪的年代很多人更愿意做一个落伍的,固执的,甚至守旧的人,墨守成规,并在对别人追求不切实际的繁华采取嘲弄态度。我想繁华也许有它的不对,但追求与否还是取决于人的意志。

在后来放弃了追求繁华的日子里,我并不是因为曾经的那些话,只是往后的繁华已让我捉摸不透,就像我未曾懂得那些在饭店中的民工在繁华都市里的心。于是只能在独自营造的繁华中低吟或呐喊。

我属于繁华,繁华不属于我,它仅仅是我在盛夏光年的记忆中的一处遗址。